KB248271

# 착하게 사는 게 뭐가 그리 중요하노?

착함의 무게

· 이 책은 저자의 상담 경험과 지식을 바탕으로 쓰였습니다.

· 이해를 돕기 위해 모두 재구성하였으며, 등장하는 인물과 상황은 특정

  개인 또는 실제 사례와 무관함을 밝힙니다.

개정판

# 착하게 사는 게 뭐가 그리 중요하노?

## 착함의 무게

좋은땅

4년 전, 오랫동안 나를 지치게 하던 마음의 패턴을 정리해 첫 책을 냈고, 감사하게도 많은 분들이 공감해 주셨습니다.

시간이 흘렀지만, 지금도 여전히 '착함의 무게'에 지친 분들을 상담실에서 자주 만나게 됩니다.
그분들을 떠올리며, 이번에 개정판을 다시 내게 되었습니다.

이번 개정판에서는 그 무게의 본질을 더 선명하게 전하고자 했습니다.
핵심을 중심으로 글을 새로 다듬었고, 편안하게 읽으실 수 있도록 구성도 다시 정리했습니다.

이번에, 두 번째 책인
《내 인생인데, 왜 눈치만 보고 살았을까?》도
출간되었습니다.

첫 책이 '착함의 패턴'에 대한 이야기라면,
두 번째 책은 '눈치의 패턴'을 바라보는 이야기입니다.

함께 읽으신다면, 마음속에 오래 묶여 있던 매듭 하나가
조금씩 풀릴지도 모릅니다.

지금 이 시간이, 당신의 마음을 찬찬히 다독여 주는 순간
이 되기를 소망합니다.

# 목차

## 착함이 나를 지치게 할 때

어릴 때부터 마음 한쪽을 붙잡고 있던 말이 있다.

"착하게 살아야 한다."

나는 그 말을 거의 의심하지 않았다.
그 말은 자연스레 내 삶의 기준이 되었고, 나는 그 기준으로 나를 평가하며 살아왔다.

세상을 선과 악으로 나누며 살았고, 내가 믿는 '착함'과 현실은 자주 엇갈렸다.

나는 늘 더 해야만 한다고 느꼈다.
더 배려하고, 더 참아야 하고, 더 양보해야 한다고.
그렇게 살지 못할 때마다 죄책감이 따라붙었다.

그런데 현실은 달랐다.
내가 '나쁘다'고 여겼던 사람들은 오히려 더 가볍고 자유로워 보였다.
자기 욕심을 챙기고, 목소리가 크고, 상황에 맞춰 태도를 바꾸는 사람들.

그들을 볼 때면 설명하기 어려운 감정이 올라왔다.
분노, 억울함, 답답함 같은 것들이 뒤섞여 내 마음을 무겁게 했다.

그래서 늘 같은 질문을 되뇌었다.

"착하게 살면 복을 받는다면서요. 그런데 왜 착한 사람은 힘들게 살고, 나쁜 사람은 떵떵거리며 잘 사나요?"

그 질문은 오랫동안 아무 대답도 하지 않았다.
그래서 나는 세상이 불공평하다고 생각했다.

한참이 지나서야 알았다.
내가 붙잡고 있던 '착함'의 기준은, 이미 지나간 시대의 낡은 방식이었다는 것을.

남을 먼저 챙기고
내 욕구를 뒤로 미루고
희생을 미덕으로 여기는 방식.

그 방식은 나를 단단하게 만들기보다, 나를 옭아매는 틀이 되어 있었다.
그 틀에 맞지 않는 나를 비난했고, 그 잣대로 세상을 판단하며 살았다. 그 과정에서 말하지 못한 억울함과 분노가 조용히 쌓여 갔다.

가끔 예전의 나와 비슷한 고민을 털어놓는 내담자를 만나면, 이 이야기를 들려주기도 한다.

## 먼저 무너진 건 나였다

돌아보면, 나를 가장 지치게 만든 건 다른 누군가가 아니라, 내 안에 자리한 '강한 고집'이었다.

인생을 내가 다 계획하고 내가 만들어야 한다고 믿었고, 그것이 정답이라 확신했다.

시간이 흐를수록 그 고집은 나를 더 몰아붙였다.
조급함은 커졌고, 실수는 허용하지 않았다.
그 사실을 깨닫자, 오랫동안 굳어 있던 마음의 긴장이 조금씩 풀리기 시작했다.

힘주고 애쓰며 "나는 괜찮아"라고 버티던 겉모습 뒤에는 두려움에 움츠린 작고 여린 내가 있었다.
그동안 내가 나를 얼마나 몰아세웠는지, 그제야 제대로 보였다.

마음속에 쌓여 있던 분노와 억울함이 흘러가자, 그 자리에 편안함이 들어왔다.

나를 힘들게 했던 사람들마저, 결국은 나를 돌아보게 만든 존재였다는 것도 조금은 알게 되었다.

그제야 내가 그렇게 힘들어했던 이유가 무엇이었는지 알 것 같았다.

인생은 교과서처럼 정리되지 않는다.
때로는 길을 잃기도 하고, 어디에 서 있어야 할지 모른 채 헤매기도 한다.
그 시간은 분명 힘들었지만, 결국 나를 단단하게 만든 과정이었다.

당신도 혹시 '착함의 무게'에 눌려 살아가고 있지는 않은가.

이 글이 그 마음에 가만히 닿아 조금이라도 가벼워지기를.

# 아무리 애써도 바뀌지 않던 이유

젊은 시절의 나는 늘 바쁘게 살았다.

새벽에 일어나 어학원을 다니고, 퇴근 후에는 책을 읽거나 억지로 운동을 했다.

'이 정도는 해야 잘 살고 있는 거다'라고 스스로를 다독였다.

그렇게 애쓰며 살았지만, 삶은 뜻대로 흘러가지 않았다.

오히려 애쓸수록 더 꼬이는 것 같았다.

"도대체 왜 이렇게 되는 일이 없는 거야?"

"나는 이렇게 노력하는데, 왜 저 사람은 술술 풀리는 거지?"

보이는 성과만 좇아가다 보니, 정작 보이지 않는 마음의
작용은 보지 못했다.
마음이 바뀌면, 같은 현실도 전혀 다른 세상이 된다.
그런데 우리는 이 작용을 너무 늦게 배운다.

상담실에서도 비슷한 질문이 반복된다.

"선생님, 저는 정말 열심히 살거든요…. 그런데 왜 이렇게
인생이 안 풀릴까요?"

참 많은 이들이 이 질문을 가슴 깊이 안고 산다.

옛이야기에 이런 구절이 있다.
"일체유심조(一切唯心造), 모든 것은 마음이 만든다."

원효대사가 어둠 속에서 그릇에 담긴 물을 발견하고 단숨
에 들이켰다. 달고 시원했다.
그런데 다음 날 아침, 그것이 해골에 고인 물이었다는 걸
알게 되자 순간 속이 뒤집혔다.

어젯밤 그렇게 달게 마셨던 바로 그 물인데.


물은 똑같았다.
하지만 '해골물'이라는 걸 아는 순간, 더 이상 달지 않았다.


마음이 바뀌자 세상이 달라진 것이다.
우리는 현실을 마시는 게 아니라, 그 현실을 바라보는 마음을 먼저 마신다.


진짜 삶은 외부가 아니라, 늘 '마음'에서 시작된다.


**보이지 않는 뿌리**


상담실에서 비슷한 시기에 암 진단을 받은 두 분을 만난 적이 있다.


영희 씨는 평생 가족을 위해 희생하며 살아왔다.
퇴직 후 얼마 지나지 않아 병이 찾아왔고, 그녀는 억울함을 토로했다.

"내가 뭘 잘못했다고 이런 벌을 받나요. 평생 착하게만 살
았는데….."

병원을 갈 때마다 가족들에게 불평이 쌓였고, 자식들이
뭘 해 드려도 늘 서운함이 남았다.
우울감이 깊어지면서 다른 증상도 늘어 갔고, 가족들은
지쳐서 점차 연락을 피하기 시작했다.

정희 씨도 비슷한 진단을 받았지만 받아들이는 태도는 달
랐다.

"이제 남 눈치 그만 보고, 내 인생 좀 살아 보라는 신호인
가 봐요."

의료 기술 덕분에 주어진 시간을 '덤'처럼 받아들이며,
그동안 미뤄 왔던 일들을 하나씩 시작했다.
그림을 배우고, 혼자 여행도 다니며 오랜만에 자기 인생

의 속도를 되찾았다. 편안해진 엄마를 보며 자식들도 자연스럽게 더 자주 찾아왔다.

같은 병, 같은 상황이었지만 두 사람이 겪는 하루의 결은 전혀 달랐다.
그 차이는 결국 '마음'에 있었다.

마음은 땅속의 뿌리와 같다.
겉으로 보이는 말과 행동은 일부일 뿐, 삶을 움직이는 힘은 깊은 곳에 쌓인 감정들이다.

마음이 바뀌면 보는 관점이 달라지고, 관점이 달라지면 감정이 달라진다.
그래서 같은 하루도 어떤 날은 견딜 만해지고, 어떤 날은 끝없이 무거워진다.

겉만 바꾸면 잠깐 나아진 것 같아도, 금세 다시 제자리로 돌아오는 이유가 여기에 있다.

## 착함의 역설

"저 사람은 법 없이도 살 만큼 착한데, 왜 하는 일마다 안
풀리는 거지?"

우리가 흔히 말하는 '착함'은 이런 모습이다.
항상 좋은 모습만 보여 주고, 먼저 배려하고, 부탁을 거절
하지 못하는 것.

하지만 삶은 늘 균형을 요구한다.
빛이 있으면 그림자가 있듯이, 지나치게 착한 사람에게도
보이지 않는 '어두운 면'이 존재한다.

착하게 살아야 한다는 신념 속에서 자라 온 우리는 나쁜
감정을 드러내서는 안 된다고 배워 왔다.
그래서 비난, 질투, 욕심, 분노 같은 감정을 깊이 감춘다.

이런 감정을 꾹꾹 담아 두다 보니, 어느 순간부터 자신의
마음이 어떤 모양인지 흐릿해진다.

겉으로는 웃고 있지만, 속에서는 쓴맛이 자꾸 올라온다.

억눌린 감정을 들여다보고 풀어내면, 인간관계도, 상황도 다 같이 바뀌기 시작한다.

뒤틀린 마음이 조금씩 풀리기 시작할 때, 힘겹게만 느껴지던 인생도 달라진다.


**이 책의 여정**

이 책은 착함의 무게에 눌려 살아온 사람들이, 그 무게를 조금씩 내려놓는 이야기다.


· 1부는 어릴 적 학습된 착함의 뿌리를 들여다본다.
'착해야 사랑받는다'는 믿음이 어떻게 삶의 기준이 되었는지를 살핀다.
· 2부는 반복되는 착함의 무게를 다룬다.
거절하지 못하는 관계와 말하지 못해 쌓인 억울함의 패턴을 짚어 본다.

· 3부는 착함의 감옥을 벗어나는 길을 제시한다.
감정을 자연스럽게 흘려보내며 나를 지키는 힘과 균형을
되찾는 과정을 담았다.

이 책이 오래된 믿음에 갇혀, 늘 자신을 뒤로 미루며 살아
온 이들에게 닿기를 바란다.

변화는 빠르게 오지 않지만, 분명히 온다.
마음이 움직이면 현실도 따라온다.

# 1부

# 어릴 적 학습된 착함의 뿌리

# 착해야 사랑받는다는 믿음

## 보이지 않는 마음이 현실을 흔든다

우리 대부분은 자신이 삶의 방향을 스스로 선택하고 있다고 믿으며 산다.

"오늘 뭘 먹을지, 누구를 만날지, 어떤 일을 할지."

그래서 일이 어긋나면 가장 먼저 자신을 탓한다.

"내가 부족해서 그래."
"내가 더 잘했어야 했는데."

"다음엔 더 열심히 해야지."

그런데 이상하다.
다음에도, 그다음에도 비슷한 일이 반복된다.

직장을 옮겨도 비슷한 유형의 상사를 만나고, 연애를 새로 시작해도 비슷한 이유로 헤어진다.
분명 노력은 하는데 결과는 늘 제자리인 느낌이다.

직장인 현수 씨는 이직을 세 번 했다.

처음엔 상사가 문제라고 생각했다.
두 번째는 회사 분위기가 안 맞는다고 생각했다.
세 번째 회사에서도 비슷한 갈등이 반복되자, 결국 이렇게 자책했다.

"내가 문제인 건가?"

그 질문 앞에서 현수 씨는 한동안 답을 찾지 못했다.

겉으로 보기엔 늘 상황이 문제처럼 보였기 때문이다.

정확히 말하면, 문제는 현수 씨 안에 오래 숨어 있던 두려움과 신념이었다.

"나는 인정받지 못할 거야."
그 무의식이 계속 같은 상황을 끌어당기고 있었다.

현실은 나무와 같다.
겉으로 보이는 건 줄기와 열매지만, 나무를 살리는 건 땅속의 뿌리다. 뿌리가 약해지면, 아무리 줄기를 가꿔도 나무는 힘을 잃는다.

마음도 마찬가지다.
겉으로 드러나는 행동과 노력보다, 보이지 않는 무의식이 먼저 인생의 방향을 잡는다.

## 말하지 않은 감정이 삶을 이끈다

무의식은 파동처럼 작용한다.
말로 하지 않아도, 감정은 먼저 퍼져 나가 상대와 상황을
흔든다.

가슴이 답답하고 이유 없는 짜증이 반복될 때,
현실에서도 비슷한 답답함이 계속 이어지는 이유가 여기
에 있다.

수민 씨는 팀장의 부탁을 늘 거절하지 못한다.

"이건 수민 씨가 해 주면 좋겠어요."
거절하면 관계가 틀어질까 봐, 매번 "네"라고 대답한다.
퇴근 후 혼자 남아 일하면서도 자꾸 자신을 탓한다.
'나는 왜 이렇게 호구처럼 살까.'

하지만 그 밑에는 오래된 신념이 자리 잡고 있었다.

“거절하면 나를 싫어할 거야.”
“나는 착한 사람이 되어야 해.”

수민 씨는 아무 말도 하지 않았지만, 그 무의식의 파동은 주변으로 흘러갔다.
사람들은 그녀를 '부탁하기 쉬운 사람'으로 인식하고 있었다.

연애도 마찬가지다.
“어차피 나는 버림받을 거야.”라는 두려움이 있으면, 그 두려움이 행동을 움직이고 결국 현실이 된다.
내가 먼저 상대를 의심하고 매달리다가, 결국 밀어내니 상대는 더 멀어진다.


**내가 바뀌자, 세상도 달라졌다**

아무리 애쓰고 노력해도, 무의식이 뒤틀려 있으면 현실은 계속 같은 자리로 돌아온다.

이직을 해도, 연애를 새로 해도, 이사를 가도 결국 비슷한 문제에 부딪히는 이유다.

마음이 먼저 움직이고, 현실은 그 뒤를 따른다.
그런데 우리는 늘 그 반대로 살고 있었다.

해답은 의외로 단순하다.
무의식에 쌓인 감정을 들여다보고, 하나씩 응어리를 풀어 주면 된다.
억눌린 분노와 두려움을 마주하고, 외면했던 욕구를 알아차린다. 그러다 보면 마음이 조금씩 풀리고, 그 흐름이 현실에도 스며든다.

어느 날, 수민 씨는 작은 용기를 냈다.

"팀장님, 이번엔 못 도와드릴 것 같습니다. 제 업무도 밀려 있어서요."
그렇게 말하고 나니, 가슴이 쿵쾅거렸다.

그런데 팀장이 담담하게 말했다.
"아, 그래요? 그럼 다른 분께 부탁할게요."

이 한 문장이 그녀의 오래된 믿음을 흔들었다.
'아, 거절해도 나를 싫어하는 게 아니구나.'

그 뒤로 팀장의 부탁도 줄었고, 동료들의 분위기도 편안
해졌다.

수민 씨는 아무것도 바꾸지 않았다.
그저 두려움의 끈 하나를 내려놓았을 뿐인데 현실이 달라
졌다.

누가 내 인생의 방향을 잡고 있을까?
답은, 내 안의 '무의식'이다.

무의식이라는 뿌리를 돌봐야, 삶이 달라진다.

1. 자리에 앉아 눈을 감는다.

2. 오늘 가장 답답했던 순간을 떠올린다.

3. 그때 가슴이나 목에서 느껴진 감각을 하나만 말로

표현한다.

· 예: 가슴이 무거웠다. 배에 돌덩이가 있는 것 같았다…

# 애매하게 말하는 순간, 비난은 커진다

## 숨긴 감정은 사라지지 않는다

희수 씨는 어릴 때부터 감정을 숨기며 살았다.

밖에서는 화목한 집처럼 보였지만, 집 안에서는 부모님의
싸움이 끊이지 않았다.

엄마는 늘 오빠와 희수 씨를 비교했다.
"네가 좀 더 잘했으면, 엄마가 이렇게 힘들지 않았을 텐데"

그녀는 울고 싶어도 울 수 없었다.

기뻐도 티를 내면 안 됐다.

감정을 드러내면 "넌 왜 그렇게 유난이니", "조용히 좀
해"라는 말이 돌아왔기 때문이다.
그렇게 마음속에 수치심이 차곡차곡 쌓였다.

주변 사람들은 오히려 그녀를 칭찬했다.
"희수는 참 얌전하고 착하네."
"늘 의젓하고 변함없는 사람이야."

하지만 그 '착함'은, 감정을 숨기며 버티던 시간이 만든 모
습이었다.
그녀는 자신이 기쁜지 슬픈지도 모른 채, 그저 '괜찮은 척'
하는 데 익숙해져 있었다.

직장 생활을 시작하자, 비슷한 일들이 반복됐다.

과장은 유독 그녀한테만 말투가 거칠었다.
같은 실수를 해도 다른 직원에게는 "괜찮아, 다음엔 잘해

보자”라고 했지만, 그녀에게는 “이것도 제대로 못 해? 언제쯤 확실하게 할 거야?”라고 말했다.

그녀는 억울했다.
‘나도 열심히 하는데 왜 나한테만 저러지?’

하지만 그 안에는 본인도 모르는 오래된 패턴이 숨어 있었다.

과장이 “이거 언제까지 가능해?”라고 물으면, 그녀는 늘 “한번 해 볼게요”라고 대답했다.
“이 부분 이해했어?”라는 질문에도 “확인해 볼게요”라고 했다.
정작 필요한 “모르겠습니다”, “이틀 더 필요합니다”라는 명확한 대답은 끝내 하지 못했다.

왜였을까?
어릴 때부터 “너는 부족해”, “너 때문에 힘들다”라는 말을 들으며 자란 그녀는, 모른다고 말하는 순간 또 비난받을까 봐 두려웠다.

못한다고 하면 무능하다고 낙인찍힐 것 같았다.
그래서 늘 애매하게 둘러 말했다.

다른 직원들은 달랐다.
"과장님, 이 부분은 경험이 없어서 금요일까지는 어렵습
니다."
"지금 다른 업무가 있어서 내일 오전만 가능합니다."

명확했다.
과장은 그 말을 듣고 일정을 조정하거나 다른 직원에게
업무를 분배했다.

하지만 그녀의 애매한 답변은 과장을 더 곤란하게 만들
었다.
마감 직전에야 "사실 어려울 것 같습니다…"라고 말하면,
이미 프로젝트 전체 일정이 흔들리고 있었다.

계속 반복되자 과장도 지쳤다.
"희수 씨, 왜 미리 말을 안 해? 진작 얘기했으면 방법을 찾을 수 있었잖아!"

과장도 나쁜 사람이 아니었다.
그저 일이 제때 흘러가길 바랐을 뿐이다.
하지만 그녀의 애매한 태도가 계속되자, 말을 꺼내기도 전에 짜증이 먼저 올라오는 상황이 되어 버렸다.

그녀는 비난이 두려워 애매하게 말했지만, 그 행동이 오히려 더 큰 비난을 불러왔다.
무의식에 눌러둔 '비난받을까 봐 두려운 마음'이 현실에서 그대로 나타난 것이다.

동료들도 점점 그녀와 일하기 어렵다고 느꼈다.
겉으로는 웃고 있었지만, 단체 채팅방에서는 그녀만 빼고 따로 이야기를 나눴다.

"희수 씨랑 일하면 불안해. 확실하게 답을 안 해."

"맡긴 건지, 못 맡긴 건지 모르겠어."

그녀는 더 억울하고 화가 났다. 하지만 입을 열려고 하면
몸이 떨리고 머리가 하애졌다.
그래서 또 참았다. 어릴 때처럼.

우리는 이 상황을 보면 이렇게 생각하기 쉽다.
"과장이 너무하네. 좀 더 친절하게 말할 수도 있잖아."
"동료들이 왜 그렇게 차갑게 구는 거야."

하지만 마음의 세계에서 보면 조금 다르다.
과장도, 동료들도 각자의 이유가 있었다.
그들도 나름대로 일이 잘 굴러가길 원했을 뿐이다.

문제는 그녀 안에 수십 년간 눌러 담아 온 수치심이, 이제
응어리가 되어 현실 위로 떠오르기 시작한 것이다.

무의식은 이렇게 신호를 보낸다.
"이제 좀 봐줘. 나 아직도 여기 있어."

드디어 그동안 눌러왔던 감정을 마주해야 할 때가 온 것
이다.

만약 이번에도 참고 버틴다면, 앞으로 현실은 더 강한 방
식으로 그녀를 밀어붙이게 될 것이다.

마치 한 사람이 평생 같은 패턴의 인간관계를 반복하는
것처럼.


**내 안을 먼저 채워야 한다**

꽃병에 물이 가득 차 있으면, 아무리 위에서 물을 부어도
밖으로 흘러내린다.
하지만 텅 비어 있으면, 물을 붓는 즉시 안으로 쏟아져 들
어간다.

마음도 똑같다.
내면이 자신에 대한 신뢰와 사랑으로 채워져 있다면, 다
른 사람의 비난이나 무시가 쏟아져도 그냥 흘러내린다.

'저 사람은 저렇게 말하는구나' 하고 담담히 받아들일 수 있다.

하지만 내면이 비어 있다면 다르다.
사소한 말 한마디에도 가슴이 쿵 내려앉는다.
'내가 뭘 잘못한 거지?', '내가 부족한가?'라는 생각이 머릿속을 가득 채운다.
밤새 그 한마디를 곱씹으며 잠을 이루지 못한다.

이렇게 버티는 방식으로는, 더 이상 나아지지 않는다는 걸 그녀도 서서히 느끼고 있었다.

마음을 돌보는 데 거창한 방법은 필요 없다.
혼자만의 공간을 만들어 보자.
방문을 닫고, 불을 끄고, 눈을 감는다.
그리고 고요히 가슴에 집중한다.

처음엔 아무것도 느껴지지 않을 수 있다.
그동안 감정을 너무 오래 눌러왔기 때문에.

괜찮다.

한 번, 두 번 시도하다 보면 가슴 어딘가에서 뭔가 느껴지기 시작한다.

분노가 올라온다면, 그 분노를 표현해 보자.

나를 힘들게 했던 사람에게, 그동안 참았던 말들을 쏟아내 보는 것이다.

소리 내서 말해도 되고, 노트에 적어도 된다.

지금 그들이 듣지는 못하지만, 중요한 건 '내가 내 말을 듣고 있다'는 것이다.

"엄마, 나도 힘들었어요. 오빠랑 비교당할 때마다 너무 슬펐어요."

"과장님, 제가 애매하게 말해서 일을 어렵게 만든 건 맞아요. 하지만 저도 두려웠어요.

못한다고 하면 또 무능하다는 말 들을까 봐."

"너무 억울해. 나도 화낼 자격이 있어."

말을 하다 보면 눈물이 쏟아질 수도 있다.
목이 메고, 가슴이 터질 것 같을 수도 있다.

그게 정상이다.
그동안 얼마나 참았는지, 몸이 기억하고 있었던 거다.
이 과정을 반복하다 보면, 가슴이 가벼워지고 숨 쉬는 것
도 편해진다.


**내 마음이 바뀌면 상대도 변한다**

어느 날, 그녀의 대답이 달라졌다.

회의에서 과장이 "희수 씨, 이거 언제까지 돼?"라고 물
었다. 예전 같으면 "최대한 빨리 해 볼게요"라고 했을
것이다.

하지만 이번엔 달랐다.
"금요일 오후까지는 어려울 것 같습니다. 월요일 오전이

면 가능합니다.”
목소리가 떨렸고, 가슴이 두근거렸다.
‘또 뭐라고 하면 어쩌지?’

하지만 과장의 반응은 의외였다.
“그래, 알았어. 그럼 월요일로 잡을게.”

그게 전부였다.
그녀가 명확하게 말하자, 과장도 명확하게 답했다.
걱정했던 것처럼 비난하지도, 화내지도 않았다.

그 뒤로 회의 때마다 그녀는 애매한 대답 대신, 명확하게
말하기 시작했다.

“이건 제가 처음이라 이틀은 더 필요합니다.”
“다른 업무 때문에 내일까지는 힘듭니다.”

처음엔 떨렸지만, 할수록 마음이 편해졌다.

과장의 태도도 달라졌다.

예전처럼 짜증을 내지 않았다.

오히려 "그래, 그럼 이렇게 하자"며 함께 방법을 찾았다.

동료들의 태도도 미묘하게 달라졌다.

"요즘 희수 씨 뭔가 달라진 것 같지 않아?"

"응, 전보다 일하기 편해졌어."

그녀는 외적으로 아무것도 바꾸지 않았다.

다만, 속으로만 참아온 감정을 조금씩 밖으로 꺼내기 시작했을 뿐이다.

내가 나를 다르게 대하기 시작하면, 사람들도 나를 다르게 대하기 시작한다.

억눌린 감정을 하나씩 풀어낼수록, 마음은 점점 가벼워진다.

꾸준히 시도하다 보면, 어느 순간 자신도 모르게 삶도 부드러워져 있을 것이다.

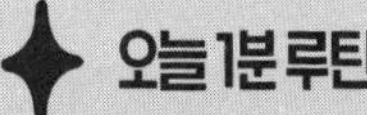


1. 자리에 앉아 눈을 감는다.

2. 지금까지 아무 말도 못 하고, 늘 참아야 했던 사람을
   한 명 떠올려 본다.

3. 그 사람에게 그동안 참았던 말들을 시원하게 해 본다.

· 예: 나는 너가 정말 미웠어.

   너는 나를 너무 함부로 대했어.

   이제 더 이상 호구 짓은 안 할 거야.

4. 입 밖으로 꺼내는 것만으로도, 답답한 마음이 풀리
   기 시작한다.

# 조용히 막히거나, 갑자기 터지거나

**모범생이 의자를 집어 던진 날**

"선생님, 우리 애가 그럴 애가 아닌데요."
상담실로 찾아온 어머니는 충격에서 벗어나지 못한 얼굴이었다.

중학생 이들이 수업시간에 갑자기 의자를 집어딘지고 고함을 질렀다는 전화를 받았다고 했다.

"조용하고 착한 애예요. 공부도 잘하고, 말썽도 안 부리고. 선생님도 늘 칭찬하시는데…"

하지만 그날, 그 조용하던 아이가 폭발했다.
아무도 예상하지 못한 순간이었다.

상담실에서 아이는 고개를 숙인 채 말했다.
"제가 왜 그랬는지 모르겠어요. 머리가 하얘지면서 그
냥… 정신을 차려 보니까 다 끝나 있었어요."

그의 아버지는 늘 강압적으로 명령하고 간섭했으며 마음
에 들지 않으면 때렸다.
어머니는 아무 말도 하지 않았다.
집에서는 어떤 감정도 드러낼 수 없는 분위기였다.

아이는 자연스레 감정을 숨기는 법을 배웠다.

"내가 화내면 더 맞을 거야."
"우는 티 내면 더 혼날 거야."
"그냥 조용히 있으면… 아마 지나갈지도 몰라."

혹시라도 흠이 잡힐까 봐, 아이는 늘 모범적으로만 생활

했다.

그런데 그날따라 선생님의 말투가 강압적으로 느껴졌고,
아버지의 말투와 너무 닮아 있었다.

그 순간, 아이의 마음에 오랫동안 눌러두었던 두려움과
분노가 한꺼번에 치밀어 올랐다.
그건 갑작스러워 보였지만, 사실은 오래전부터 쌓여 온
결과였다.


**감정은 막히거나, 터지거나**

감정을 없애는 건 불가능하다.
감징을 억눌러 온 사람은 두 가지 형태로 드러난다.

하나는, 조용히 막혀 가는 모습이다.
사람은 누구나 말하지 않아도 어떤 느낌을 풍긴다.
어떤 사람은 편안하고, 어떤 사람은 말 한마디 없어도 긴

장감이 감돈다.
이건 신비한 이야기가 아니다.
사람의 표정과 말투, 행동과 태도에서 그 사람의 속내가
자연스럽게 드러난다.

오랫동안 감정을 억눌러 온 사람은 관계에서도, 일에서
도, 일상에서도 어딘가 막혀 있는 느낌을 준다.
표정은 굳어 있고, 말은 조심스럽고, 행동은 주눅 들어
있다.

다른 하나는, 어느 날 갑자기 터지는 모습이다.
"이 순간만 모면하면 괜찮아지겠지."
그렇게 생각해도 현실은 다르다.
고등학교, 대학, 직장… 삶의 단계가 바뀌어도 같은 패턴
이 반복된다.

성실하게 살던 사람이 억눌린 감정이 한 번 터지면, 그동안
쌓아 온 것들이 한순간에 무너지는 이유가 여기에 있다.

조용히 막혀가거나, 갑자기 폭발하거나, 둘 다 같은 뿌리
에서 나온다.
억눌린 감정은 사라지지 않는다.


**터지기 전에, 조금씩 꺼내자**

감정이 터졌다는 건 실패가 아니다.
오히려 "이제는 해결해야 한다"는 신호다.

그 감정이 더 거칠어지기 전에 알아차리고 다듬어 낼 수
있다면 훨씬 좋다.

감정이 드러날 때, 그 감정이 보내는 메시지를 정확히 들
어야 한다.
그때 비로소 비슷한 패턴의 반복에서 벗어날 수 있다.

이 변화는 생각보다 일상의 많은 부분에 영향을 준다.
같은 공간에서 하루를 보내더라도, 각자가 느끼는 현실은

완전히 달라진다.

마음이 무거운 사람에게는 더 많은 짜증과 답답한 상황이
펼쳐진다.


"왜 나만 이렇게 힘들지?"
"왜 내 주변엔 유독 까다로운 사람들만 있을까?"


이렇듯 자신만 옳고, 모든 문제는 '남 탓'처럼 보이기 쉽다.


반대로 마음이 편안한 사람은 몸도 가벼워지고, 좋은 것
에 마음이 열리며, 평온함이 자연스럽게 유지된다.


혹시, 당신도 지금 계속 참고 있는 것이 있는가.


"이 정도는 괜찮아."
"참고 넘기면 지나가겠지."

아니다. 그냥 지나가지 않는다.
쌓이다가 언젠가는 터진다.


그러니 한순간에 터지기 전에, 조금씩 꺼내 보자.

1. 자리에 앉아 눈을 감는다.

2. '이 순간만 넘기면, 지나가겠지'라며 내 마음을 억눌렀던 상황을 기억해 보자.

3. 내가 참지 않고, 그 상황에서 정말 원했던 것이 무엇이었는지 가만히 떠올려 보자.

· 예: 그건 아니라고 당당하게 말하는 내 모습.

　힘들다고 솔직하게 도움을 요청하는 내 모습.

# 책임감이라는 칭찬, 그 밑의 짜증

## 칭찬이 짐이 되는 순간

정현 씨는 늘 '책임감 있는 사람'이었다.

회사 행사가 있으면 누가 시키지 않아도 먼저 나서서 준비했다. 물품 리스트를 작성하고, 주말에도 이곳저곳 매장을 돌아다니며 직접 물건을 샀다.

"정현 씨가 맡으면 안심이야."

처음엔 그 말이 좋았다. 인정받는 기분이었다.

하지만 어느 순간부터 자기가 안 하면 일이 제대로 돌아
가지 않을 것 같았다.
그래서 더 챙기고, 더 확인했다.
야근도 마다하지 않았고, 동료들보다 한두 시간 먼저 출
근했다.

그런데 이상했다.
자꾸 짜증이 치밀었다.
사소한 일에도 화가 났고, 집에만 오면 모든 게 짜증스러
웠다.

그러다 몇 해 전 이혼했다.
전 아내는 말했다.
"당신은 회사 사람들한테는 친절한데, 정작 집에만 오면
왜 그렇게 화를 내고 예민해져요?"

그제야 그는 상담실을 찾았다.
"선생님, 왜 이렇게 짜증이 나는 걸까요?"

## 감정에도 층이 있다

우리는 지금 느껴지는 감정이 전부라고 생각한다.
하지만 그 감정은 마음의 가장 바깥에 드러난 한 층일 뿐
이다.
겉으로 드러나는 감정 밑에는 여러 층의 마음이 겹겹이
숨어 있다.


"언제 제일 짜증이 나세요?"
"상대방이 나한테 불친절하게 대할 때요. 내가 이렇게까
지 하는데, 왜 나한테만 이러나 싶어요."


"그럴 때 마음은 어때요?"
"나를 무시하는 것 같아서… 화가 치밀어요."


"무시당한다고 느낄 때, 속에서 어떤 말이 떠올라요?"
그는 잠시 멈췄다가 천천히 말했다.


"나는 왜 이런 취급을 받아야 하지?"

"나는 왜 이 정도밖에 안 되지?"

그 순간, 그의 눈에 눈물이 고였다.
"어릴 때부터 부모님이 늘 '너는 왜 그것밖에 못 하냐, 형
은 잘하는데 넌 왜 그러냐, 네가 그러니까 이런 일을 당하
는 거다'라고 말했어요."

아무리 노력해도 부모님은 만족하지 않았다.
그래서 더 잘하려고, 더 맞으려고 애썼다.
그러면 언젠가 칭찬받을 수 있을 거라 믿으면서.

"아무리 해도 해도 채워지지 않는 게 있어요.
그게 쌓여서 짜증으로 올라오는 걸까요?"

감정은 언제나 뿌리에서 올라온다.
그 뿌리를 찾지 못하면 얽힌 문제는 계속 반복된다.

정현 씨의 감정을 층층이 따라가 보면 이렇게 정리된다.

· 표면 : 짜증

→ 불친절하게 대하는 상대

→ 나를 무시하는 것 같다는 분노

→ '나는 이 정도밖에 안 돼'라는 좌절

→ 어릴 때부터 계속되는 부모님의 비난

→ '나도 칭찬받고 싶다'는 결핍


· 뿌리 : 있는 그대로의 '나'를 사랑받고 싶은 마음


그는 늘 상대 때문에 힘들다고 했지만, 실제로는 자신의 오래된 상처가 반응하고 있었다.

"나는 그냥… 한 번만이라도 잘했다고, 그 말을 듣고 싶었어요."

그 말이 나오자, 수십 년을 눌러둔 감정이 조금씩 올라왔다. 그는 뿌리 감정을 마주하고 나자, 삶이 달라지기 시작했다.

동료가 불친절하게 대해도 예전처럼 화가 치밀지 않았다.
'아, 저 사람 오늘 기분이 안 좋구나' 하고 넘어갈 수 있게
되었다.

그리고 마침내 다른 사람과 책임을 나눌 수 있게 되었다.
"죄송한데, 이번 주는 그 현장에 못 갈 것 같아요."

시간이 갈수록 그는 더 솔직해졌다.
"예전엔 '책임감 있는 사람'이라는 칭찬이 좋았어요.
근데 그게 점점 짐이 되더라고요. 이제는 많은 걸 맡지 않
아도 괜찮다는 걸 알겠어요."

보이지 않던 감정의 뿌리를 마주하자, 늘 시끄러웠던 마
음이 조금씩 제자리를 찾아갔다.


## 머리와 가슴의 거리


우리 대부분은 정현 씨처럼 산다.

표면적인 감정만 보고, 그 밑에서 실제로 움직이는 진짜
감정은 잘 보지 못한다.

이 거리를 좁히려면, 표면에서 한 겹씩 감정을 벗겨 내려
가는 연습이 필요하다.
그 과정이 어색하고, 때로는 아플 수도 있다.

하지만 그 층을 마주하고 나면, 삶이 예전처럼 흔들리지
않는다. 반복되던 문제가 잦아들고, 마음이 자기 자리로
돌아온다.

'책임감 있는 사람'이라는 칭찬을 내려놓을 때, 비로소 진
짜 내가 숨쉬기 시작한다.

1. 자리에 앉아 눈을 감는다.

2. 요즘 자주 올라오는 불편한 감정 하나를 떠올린다.

3. "이 감정 밑에는 뭐가 있을까?" 마음에게 묻는다.

4. 떠오르는 대답을 따라 한 번 더 묻고, 노트에 적는다.

· 예: 짜증 → 무시당했다는 느낌 → 인정받고 싶은 욕구

　　두려움 → 나는 못 할 거라는 느낌 → 지지받고 싶은 욕구

# 참는 어른의 마음속에서 우는 아이


## 겉은 어른, 속은 아이


어른이 된다는 건 책임이 생겼다는 뜻이지, 마음까지 자동으로 성숙했다는 의미는 아니다.

겉은 어른처럼 말하고 행동하는데, 감정을 표현하는 순간만 되면 머뭇거리는 사람들이 있다.

어릴 때부터 '내색하지 마라'는 분위기 속에서 자란 사람일수록 이 패턴은 오래 남아 있다.

감정과 상관없이 늘 점잖아야 했던 집.

'싫다'는 거절이 불효가 되던 집.

힘들다 말하면 "네가 참아야지"라며 끝나던 집.

그 속에서 어린아이는 단순한 결론을 배운다.

"말이 많으면 미움받는다."

"내색하면 일이 더 커진다."

"안 괜찮아도 괜찮은 척해야 한다."

이 결론은 성인이 되어서도 무의식에서 똑같이 작동한다.

그래서 많은 사람들은 '참는 어른'으로 살아간다.

겉은 어른인데, 마음속에는 여전히 울음을 삼키던 그 아이가 남아 있다.


### 거울 속에서 처음 마주한 얼굴


민호 씨는 직장에서도 조용했다.

본사에서 백화점 매장으로 3개월 파견을 나갔을 때, 현장 직원들은 첫날부터 반말을 했고 자신들이 해야 할 잡무까지 자연스럽게 떠넘겼다.

민호 씨는 불편한 마음이 불쑥불쑥 올라왔지만 말하지 못했다. 오히려 웃음을 보였다.
'어차피 3개월만 있으면 되니까….'
또다시 익숙해진 자기합리화로 감정을 덮었다.

얼마 후, 그는 직원들한테 회식을 하자고 먼저 말했다.
자신이 점차 불편해지자, 차라리 회식을 해서 친해져 버리면 반말을 하는 것도, 잡무를 떠넘기는 것도 넘어갈 수 있다는 생각이었다.

'우리는 친한 사이니까, 그릴 수도 있이.'

갈등을 해결하기보다, 친밀감으로 불편함을 덮어 버리는 방식이었다.

이 패턴은 그가 어릴 때부터 몸에 밴 방식이었다.
부모님께 혼이 나면, 억울하고 화가 나도 말하지 못했다.
엄격한 부모님의 눈빛에서 허용이란 단어는 찾아보기 힘
든 분위기였다.

그래서 그는 대신에 더 밝게 웃고, 더 착한 척하며 상황을
무마했다. 그게 갈등을 피하는 유일한 방법이라고 믿었기
때문이다.

어느 날, 그는 손을 씻다가 무심코 거울을 보고는 깜짝 놀
랐다.
분명 자신의 얼굴인데, 좌 · 우의 균형이 일그러지고 삐뚤
어져 보였다.

며칠 뒤에도 똑같은 현상이 나타났다.
당황한 그가 주위 사람들한테 물어보니, 모두 아무 이상
이 없다고 얘기했다.

"전혀요, 민호 씨는 항상 스마일이잖아요."

이러한 증상이 반복되자, 그는 상담실을 찾았다.

"내가 이런 증상이 생긴 이유가, 혹시 늘 가짜 웃음을 짓고 있기 때문일까요? 억지로 웃는 거요."

침울해하며 그가 말했다.

"민호 씨 안에는 30년 넘게 억눌린 감정이 있어요.
화났는데 웃고, 억울한데도 웃고, 싫은데도 웃어야 했던 그 감정이 다른 방식으로 나타나는 거예요."

그 말에 그는 한참을 침묵했다.
그동안 자기가 무엇을 느끼는지도 모르고 살아왔다는 사실이 너무 슬펐다.


**진짜 어른은 '참는 사람'이 아니다**

어떻게 하면, 마음속의 그 아이를 보듬어 줄 수 있을까?

상담실에서는 비슷한 패턴을 가진 사람들을 자주 만난다.
말 잘 듣고, 배려 깊고, 책임감 있고, 조용한 사람들.

하지만 속에는 말하지 못한 감정이 켜켜이 쌓여 있다.
억울함, 분노, 미움, 섭섭함, 피로감….

감정은 사라지지 않는다.
표현되지 못한 감정은 모양을 바꾸며, 성인이 된 뒤에도
관계들을 계속 흔든다.

사소한 말에도 과하게 상처받고, 누가 조금만 무뚝뚝하게
굴어도 '나를 무시하나?'라는 감정이 치솟는다.
어떤 관계는 갑자기 폭발한다.
겉의 어른이 아니라, 속의 아이가 반응하고 있기 때문이다.

민호 씨와 나는 감정을 되찾는 작업부터 시작했다.
그는 감정 카드를 하나씩 골랐다.
분노, 섭섭함, 미움, 억울함, 두려움….

이 감정을 느낄 때 어떤 표정을 지었냐는 질문에
그는 말했다.
"그냥… 뭐, 항상 웃기만 했죠."

"이제부터 겉 표정과 속 감정이 하나로 일치되도록 연습
해 볼 거예요."

물론, 처음에는 잘 되지 않았다.
그는 상담 중에도 여전히 부정적인 감정을 표현하기를 어
려워했다.
화난 표정을 지으려 해도 입꼬리가 자동으로 올라갔다.
그의 웃음은 너무 오랜 습관이 되어 버렸다.

하지만 시간이 지나면서, 그는 겉 표정과 속 감정이 일치
하는 표정을 지을 수 있게 되었다.
화가 나면 화나는 얼굴을, 슬프면 슬픈 얼굴을.

자신의 감정과 표정을 되찾는 것은, 자기 존재를 되찾는
일과 같았다.

어느 날, 나이 많은 직원이 또 일을 떠넘기려 할 때 그는 처음으로 감정을 표현했다.
"형, 이건 내 담당이 아니에요."
억지로 웃지 않고, 불편함을 감추지 않고, 담담하게 말했다.

그는 이제, 거울 속에서 자신의 일그러진 얼굴을 보지 않게 되었다.
억지로 웃지 않으니 표정이 편안했고, 감정에 맞는 표정을 되찾으니 얼굴도 자연스러워졌다.

자신의 마음을 외면한 채, 겉으로만 점잖아 보인다고 성숙한 어른이 되는 건 아니다.

진짜 성숙은 솔직하게 감정을 표현하고, 아직 자라지 못한 내 속의 그 아이까지 책임지는 사람이다.

지금, 어릴 적 숨겨 둔 마음속 그 아이를 용기 내어 마주해 보자.

이제 나는 충분히 그 아이를 보듬어 줄 수 있는 '진짜 어른'이 되었으므로.

1. 자리에 앉아 눈을 감는다.

2. 어릴 적 참았던, 그래서 늘 마음 한쪽에 남아 있던 '그 순간'을 떠올려 본다.

3. 말 한마디 못 하고, 가짜 웃음을 짓고 있던 그 아이에게 말해 본다.

· 예: 아무 내색도 못 하고, 혼자 많이 슬펐지?

　　괜찮아, 이제는 내가 나를 지킬 수 있어.

4. 두 팔로 어깨를 감싸며, 내가 나를 따뜻하게 안아 준다.

# 부모의 감정이 아이의 눈에 겹쳐질 때

## 부모의 세계, 아이의 기준

아이는 자라면서 가장 먼저 부모의 세계를 배운다.

부모가 세상을 어떻게 바라보는지,
사람을 어떻게 대하는지,
무엇을 두려워하고 무엇을 조심하는지.

아이는 설명으로 배우지 않고, 표정·말투·분위기·감
정으로 그대로 흡수한다.

부모가 세상을 불공평하다고 말하면, 아이에게도 세상은
조심스러운 곳이 된다.
부모가 늘 누군가를 의심하며 이야기하면, 인간관계는 긴
장에서 시작된다.
부모가 "우리는 늘 손해 본다"라고 말하면, 아이의 마음
에도 이미 패배감이 스며든다.

이 원리는 상담에서 더욱 분명하게 드러난다.

중학생인 서희가 그랬다.
학교에서 친구를 괴롭힌 가해자였지만, 이야기를 들어 보
면 서희는 단순히 문제 행동을 하는 아이가 아니었다.

서희는 세상을 억울한 시선으로 바라보고 있었다.
누군가 칭찬을 받으면 자신이 밀린 것처럼 느끼고,
조금만 잘나 보이는 친구가 있어도 그게 곧 자신을 무시
하는 신호처럼 느껴졌다.

겉으로는 공격적으로 보였지만, 마음속에는 설명되지 않
는 불편함이 쌓여 있었다.

왜 이런 시선이 만들어졌을까?

조심스러운 질문 끝에 서희가 말했다.
"엄마, 아빠가… 어릴 때부터 늘 억울하다고 하셨어요."

서희는 부모의 하소연을 들으며 자랐다.
조부모가 큰아버지 집안을 편애한 이야기,
아버지가 형제에게 무시당한 이야기,
큰어머니가 교활하다는 이야기….

부모의 억울함과 원망은, 서희에게 '세상은 위험하다'는
메시지로 선달되었다.
서희의 눈은 이미 부모의 감정으로 색칠된 상태였다.

## 양쪽이 거의 똑같아요

나는 서희에게 물었다.

"너를 힘들게 하는 친구의 특징을 적어 볼래?"

· 이중인격이다
· 혼자 잘난 줄 안다
· 선생님에게 예쁨 받는다
· 나를 무시하는 것 같다

이번에는 이렇게 물었다.

"부모님이 싫어하는 사람들의 특징도 적어 볼까?"

· 교활하다
· 자기만 잘난 줄 안다
· 우리 가족을 무시한다

· 이기적이다

두 장의 종이를 나란히 보여 주자, 서희는 한동안 아무 말
도 하지 못했다.

"선생님… 양쪽이 거의 똑같아요."

"서희야, 네가 미워했던 건 그 친구 자체가 아니었어.
너는 그 친구 위에 부모님이 평생 미워했던 큰어머니의
모습이 겹쳐 보였던 거야…."

서희는 자신보다 잘났다고 여겨지는 친구를 그대로 보지
못했다.
부모가 비난했던 '큰어머니'를 무의식적으로 그 친구 위
에 덧씌웠던 것이다. 친구가 아니라, 그 친구 위에 겹쳐진
부모의 감정에 반응하고 있었던 것이다.

이렇게 부모의 세계는 아이에게 기준이 되고, 시간이 지
나도 쉽게 바뀌지 않는다.

부모와 역할이 뒤바뀐 가정이라면 이 현상은 더 분명하다.

부모가 미성숙하여 자신의 외로움과 분노를 자식에게 쏟아 내면, 아이는 보살핌을 받는 대신 '부담'을 배우게 된다.

어떤 아이는 아버지를 대신해 어머니의 감정 쓰레기통이 되고, 어떤 아이는 어머니를 대신해 아버지의 마음을 달래는 역할을 하며 자란다.

그러면 아이는 자기 감정을 경험할 기회를 잃고, 부모의 감정을 먼저 처리하느라 정작 자신의 마음은 성장할 틈을 얻지 못한다.

겉으로 평온해 보이는 가정에서도 이런 가족신념은 조용히 이어진다.
갈등을 피하려고 덮고 넘어가고, 감정을 말하지 않으며 문제를 미루는 분위기.
이 신념은 성인이 된 뒤에도 반복된다.

동료의 표정에서 부모의 눈빛을 떠올리고, 상사의 말투에서 오래된 상처가 되살아나고, 누군가 잠시 거리를 두기만 해도 '나를 버리려 한다'는 오해가 생긴다.

부모가 해결하지 못한 감정은 자식의 세계관이 된다.
그리고 그 세계관은 자식의 현실을 만든다.


## 내 인생은 다르다

이 대물림에서 벗어나려면, 먼저 이 문장을 마음으로 받아들여야 한다.

"내 인생은 부모의 인생과 다르다."

사람들은 이 문장을 쉽게 받아들이지 못한다.
마음 한쪽 어딘가 부모와 자신의 인생이 하나로 묶여 있기 때문이다.

부모가 기대면 자식은 책임을 떠안고,
부모가 통제하면 자식은 죄책감으로 행동을 제한한다.

이 얽힘이 풀리지 않으면, 성인이 된 뒤에도 삶은 늘 무겁
게 이어진다.

부모의 두려움이 자식의 선택을 막고,
부모의 열등감이 자식의 도전을 주저하게 만들며,
부모의 낡은 관념이 자식의 가능성을 좁힌다.

이제는, 마음속으로 이렇게 선언해야 한다.

"부모의 경험과 나의 경험은 다르다."
"부모의 상처는 내 상처가 아니다."
"부모의 두려움이 내 미래를 결정할 수 없다."

이 선언을 하는 순간, 자기 인생이 움직인다.

부모가 어떤 시대를 살았든, 어떤 방식으로 버텼든,

그것이 나의 한계일 필요는 없다.

부모의 감정과 과거를 분리하고, 내 기준을 다시 세우
는 것.
그 과정이 대물림된 가족신념을 끊는 첫걸음이다.

1. 자리에 앉아 눈을 감는다.

2. 어릴 때 부모에게 가장 자주 들었던 말을 한 문장 떠올린다.

3. 그 말이 지금의 나에게 어떤 감정을 남겼는지 천천히 살펴본다.

4. 그리고 마음속으로 조용히 선언한다.

   "그건 부모님의 이야기였고, 내 이야기는 이제부터 다시 쓴다."

# 착하게 살수록 작아지는 나의 자리

## 균형을 잃은 착함의 무게

내가 자라 온 시대에서 '착하다'는 말은 칭찬보다는 규칙
에 가까웠다.

순종하고, 양보하고, 분위기를 먼저 살피고, 실망시키지
않는 사람이 되어야 한다는 기준이 자연스럽게 몸에 스며
있었다.

전래동화를 읽을 때마다 답답했던 이유도 그 때문이었다.

콩쥐는 왜 저렇게 참고만 살까.
신데렐라는 왜 중요한 순간에 말 한마디 못 할까.

그런 이야기를 읽으며, "착한 사람은 왜 이렇게 답답하고
고단한 걸까?"라는 질문이 오래 남았다.

그렇게 착함을 배우며 자란 사람들은 어른이 되어서도 비
슷한 방식으로 관계를 맺는다.

갈등을 피하려고 조심하고, 상대가 원하는 행동을 먼저
하며, 누군가의 불편함을 늘 살피며 지낸다.

겉으로는 부드럽고 친절해 보이지만, 가장 많이 지워지는
건 언제나 '나 자신'이다.

관계에는 눈에 보이지 않는 선이 있다.
내가 어디까지 책임질지, 상대의 몫은 어디부터인지,
무엇을 내가 선택하고 거절할 수 있는지를 알려 주는 선
이다.

그런데 착한 사람은 이 선이 쉽게 흐려진다.

한두 번 양보하다 보면, 어느 순간 상대의 기대가 내 안쪽까지 들어온다.

부탁을 몇 번 들어주면 "이 정도는 원래 해 주던 사람이니까"라는 기준이 바뀐다.

상대가 나쁘기 때문이 아니다.

사람은 원래 편한 쪽으로 기대는 존재다.

그렇게 착한 사람은 어느새 관계의 중심이 아니라 부담을 떠안는 쪽이 된다.

겉으로는 아무 갈등도 없어 보이지만, 실제로는 관계의 무게가 계속 한쪽으로만 쏠려 있다.

## 착한 사람이 더 힘든 이유

착한 사람은 갈등을 피하고 싶어 한다.

하지만 그 마음 때문에 오히려 갈등이 더 커지는 역설이 생긴다.

마음에서는 '이건 아닌데…' 하는 신호가 올라오지만, 실망시킬까 봐 "네, 제가 할게요"라고 말한다.

그 순간에는 아무 일도 없었던 것처럼 지나간다.
문제는 그다음부터다.
한 번 편해진 부탁은 쉽게 습관이 된다.

상대는 다음에도 비슷하게 부탁하고, 조금 더 큰 요구도 자연스럽게 꺼낸다.

착한 사람은 그때마다 속으로 '이제는 좀 힘든데…'라는 느낌을 받지만, 또다시 상황을 넘기기 위해 자신을 달랜다.
그 과정이 반복되면, 아무 문제도 없어 보이지만 안에서는 감정이 계속 쌓인다.

말하지 못한 감정이 응어리가 되어 억울함이 내려앉고, 몸과 마음에는 피로가 누적된다.

겉으로는 "괜찮아요"라고 웃으며 말하지만, 집에 돌아와
문을 닫는 순간 '마음의 배터리'가 방전된다.

어느 순간부터는 사람을 만나는 일이 즐겁지 않다.
연락이 오는 것만으로도 부담스럽고, 누군가 부탁할 것
같은 상황이면 미리 피하고 싶어진다.

상대는 "우리가 더 가까워졌다"고 느끼는데, 정작 착한
사람은 "이제는 조금 멀어지고 싶다"고 느끼기 시작한다.

결국 거리두기가 시작된다.
연락이 오면 답을 늦게 하고, 약속을 미루고, 마음속으로
는 "이 관계는 여기까지다"라고 선을 그어 버린다.

상대 입장에서는 이해하기 어렵다.

"평소엔 아무 말 없더니 갑자기 왜 이래?"
"좋아 보였는데, 알고 보니 복잡한 사람이었네."

이런 오해가 생기기 쉽다.

착한 사람은 그 장면에서 또 자신을 탓한다.

"내가 너무 생각이 많나…"
"내가 이상한 걸까…"

하지만 사실은 예민해서가 아니라, 너무 오랫동안 말을
안 했기 때문이다.
경계가 무너진 채로 오래 버텨 왔기 때문이다.

말하지 않은 감정은 사라지지 않는다.
쌓일수록 관계는 무거워지고, 결국 멀어지거나 한 번에
크게 흔들린다.


## 내 자리를 지키는 착함

그렇다면 어떻게 해야 할까.

해답은 착함을 버리는 것이 아니다.
내 자리를 지키는 선 안에서, 착함을 쓰는 법을 배우는 것
이다.

착한 사람에게 가장 필요한 문장은 이것이다.

"내 몫은 내가 지키고, 상대의 몫은 상대가 지킨다."

이 문장은 생각보다 많은 것을 정리해 준다.
관계에서 무엇을 맡고, 어디까지 도와야 하는지에 대한
기준이 된다.

내가 할 수 있는 것과 할 수 없는 것을 구분하고,
도움을 주더라도 내 일상을 해치지 않는 선에서 움직인다.
그리고 거절이 필요할 때는, 불편해도 한 문장으로 말한다.

이 작은 조정이 쌓이면, 착함은 더 이상 나를 소모시키지
않고, 오히려 관계를 안정시키는 힘이 된다.

착하게 살아온 시간은 결코 잘못이 아니다.

그 착함을 지탱해 줄 '내 자리'가 희미했을 뿐이다.

경계가 세워지는 순간, 착함은 흔들리지 않는 단단한 성품이 된다.

내 자리가 분명해지면, 착함은 더 이상 무너지는 호의가 아니라 안정된 관계를 만드는 힘이 된다.

그 힘은 관계를 더 진정성 있게 만들고, 내 삶의 중심도 지켜 준다.

'착함'은 어정쩡하게 여기저기 휘둘리는 약함이 아니라, 명확하게 자신의 영역을 지키는 강함이다.

## 오늘 1분 루틴

1. 자리에 앉아 눈을 감는다.

2. 오늘 나를 가장 피곤하게 했던 사람을 떠올린다.

3. 그 사람한테 내가 넘겨준 자리는 무엇이었을지 적어

   본다.

4. 그리고 이렇게 말해 본다.

   "나는 내가 지켜야 할 자리가 있다."

# 2부

## 반복되는 착함의 무게

# 거절하면 불효인 줄 알았다

## 통화 버튼을 누르기까지

정희 씨는 친정 엄마의 전화를 받기 전, 항상 숨을 한 번 크게 들이마신다.

벨이 세 번 울릴 때까지 화면만 바라본다.
그 짧은 시간 동안 머릿속에는 수많은 문장들이 스쳐 지나간다.

'이번엔 무슨 일이실까. 또 동생 얘기를 하시려나.
아니면 돈 얘기일까.'

전화를 받는 순간, 목소리는 조금씩 작아진다.

"네, 엄마. 무슨 일이세요?"
"정희야, 내가 요즘 너무 외롭고 힘들어서 그러는데….."
그 한마디에 그녀의 가슴이 답답해진다.

엄마는 늘 이렇게 시작하신다.
외롭다는 말, 힘들다는 말, 그리고 정희 씨가 얼마나 착한 딸이었는지를 천천히 꺼내신다.
그러다 옆집 딸은 자기 엄마한테 얼마나 잘하는지, 동생은 왜 저 모양인지, 그래서 너만 믿고 산다는 말로 이어진다.

그녀는 지금 이 대화가 어디로 흘러갈지를 이미 알고 있다.

"엄마가 평생 너희들 키우느라 내 인생은 다 버렸잖아.
그런데 너까지 이러면 나는 이제 어떻게 살아야 되니?"

그녀는 거절하고 싶었다.

"이번엔 정말 어려워요"라고 말하고 싶었다.

하지만 그 말이 목구멍까지 올라왔다가 다시 가슴 속으로 내려앉는다.

"엄마, 알았어요. 제가… 알아볼게요."

전화를 끊고 나면 한참을 멍하니 앉아 있게 된다.

'나는 왜 이렇게 살고 있을까.'


## 내가 원한 적 없는 것들

정희 씨는 지친 표정으로 말을 시작했다.

"엄마는 평생 가족한테 희생하셨어요. 정말 많은 걸 포기하고 우리만 키우셨죠. 그런데… 나는 왜 이렇게 엄마가 힘들까요?"

그녀의 눈시울이 붉어졌다.

"엄마가 바라는 걸 알아요. 내가 잘돼서 엄마 인생을 보상해 드리는 거, 친구들 앞에서 자랑할 수 있는 딸이 되는 거, 그래야 엄마의 고생이 헛되지 않는다고…"

그녀는 잠시 말을 멈췄다.

"유학 보내느라 고생했다고, 친구들이랑 밥 한번 먹는 것도 아까워서 참았다고 말씀하시는데…,
나는 유학 가고 싶다고 한 적도 없거든요. 그냥 일찍 일하고 싶었어요."

많은 부모가 '자식을 위한 희생'을 말하지만, 마음속으로 자식에게 기대하는 것이 많다.

자신이 못 이룬 꿈을 대신 이루게 하고 싶거나,
모임에서 자랑하고 싶은 마음이 있거나,
자식이 잘돼서 노후를 안정적으로 보살펴 주길 바라는

마음.

그런 요구는 사랑이 아니라 기대와 집착이다.

자식을 위한 사랑은, 자식이 기대에 맞지 않더라도 다시 일어설 수 있도록 지지해 준다.

하지만 집착을 쏟아부은 부모는 자식이 기대대로 되지 않으면, "내가 널 위해 얼마나 희생했는데 이 모양이냐"며 비난한다.

또는 "네가 나한테 이래도 돼?"라며 죄책감을 자극한다.

그녀는 한때 모든 게 자신의 잘못이라고 믿었다.

"엄마가 날 위해 그렇게 고생했는데, 내가 이러면 나쁜 인간이지…"

그 죄책감 때문에 어머니가 원하는 사람과 결혼해야 했고, 어머니가 자랑할 수 있는 직장에서 일해야 했다.

하지만 시간이 지나 어머니의 영향에서 조금 벗어나자,
묵혀 둔 분노가 올라왔다.

"내가 원하는 건 한 번도 해 본 적이 없어.
언제까지 엄마의 하소연과 비교, 요구를 받아 내며 살아
야 하지?"


## 거절하면 나오는 그 무기

그녀의 어머니는 늘 자기중심적인 요구를 했다.

딸이 어떤 마음으로 살고 있는지는 관심조차 없었다.
어떤 형편인지도 신경 쓰지 않았다.

다른 집 자식이 얼마나 잘하는지 비교하고, 동생 험담을
늘어놓으며 "네 동생이 저 모양이니, 너라도 내 말 들어줘
야 하지 않겠니?"라고 말했다.

결국 그녀와 동생은 서로를 원망하게 되었다.

"나는 이제… 어떻게 해야 할까요?"
그녀의 질문에는 절박함이 묻어 있었다.

"거절하면 엄마가 우실 거예요. '내가 너 키우느라 얼마나…' 그 말이 시작되면 나는 또 무너져요. 어릴 때부터 들어온 말이니까요."

대부분의 부모가 자신의 요구가 거절될 때, 자식들에게 가장 많이 쓰는 방법이다.

어릴 때 얼마나 착한 자식이었고 부모가 어떤 고생을 해가면서 키웠으며, 얼마나 외롭고 쓸쓸한지, 얼마나 도움이 필요한지 하소연하며 자식을 움키쥔다.

이 고리에 잡히면, 자식은 평생 부모가 보던 시선대로 자신을 보게 되고, 열등감과 수치심 속에서 살게 된다.

“정희 씨, 이건 불효가 아니에요.”
나는 천천히 말했다.

“어머니를 객관적으로 바라볼 필요가 있어요.
정희 씨는 ‘우리를 위해서 희생한 부모’라는 관념에 매여
서 모든 책임을 자신에게 가져오고 있어요.
어머니를 떠올릴 때 마음이 불편하다면, 그냥 넘기지 말
고 그 감정의 원인을 관찰해 보세요.”

불편함의 원인을 정확히 보아야 문제의 실마리가 열린다.

“어머니가 말과 행동이 다를 때는, 그걸 명확히 표현해야
해요. 늘 어머니 뒤처리를 하며 자신의 에너지를 다 소모
한다면, 정희 씨 인생에 쓸 에너지는 남지 않아요.”

그녀는 눈물을 닦으며 말했다.

“엄마를 미워하고 싶지 않아요. 그냥… 숨을 좀 쉬고 싶
어요.”

"어머니에게서 받은 상처부터 치유해야 해요. 그 과정을 거쳐야 원망도 풀리고 진짜 받아들이기가 가능해져요."

지금 어머니가 처한 현실은, 그녀의 불효 때문에 생긴 것이 아니라 어머니 선택의 결과다.

자식이 부모의 짐을 평생 대신 짊어지고 갈 수는 없다.

그녀는 자신의 능력 내에서 도울 수 있는 만큼만 돕고, 그 이상의 요구에는 선을 그어야 한다.

자신의 인생을 살아갈 권리와 책임도 있기 때문이다.

어머니의 그늘에서 벗어나 독립적인 삶을 살 때, 비로소 자기 인생의 주인이 될 수 있다.

1. 자리에 앉아 눈을 감는다.

2. 부모님을 떠올릴 때, 올라오는 감정을 있는 그대로 느껴 본다.

· 예: 주눅 들고, 긴장된다. / 짜증 나고 답답하다.

   편안하고 따뜻하다. / 안쓰럽고 가슴 아프다.

3. 내가 언제부터 그렇게 느끼고 있었는지 들여다본다.

4. 마음속으로 조용히 말한다.

   "그건 부모님의 선택이었다. 그 책임은 내 몫이 아니다."

# 엄마처럼 사랑하고 싶지 않았는데

**"괜찮아"라고 말하는 순간**

주연 씨는 연애를 할 때마다 비슷한 장면을 겪는다.

약속 시간에 남자친구가 30분 늦었다.

"미안, 일이 좀 늦어져서."
"아니야, 괜찮아. 나도 방금 왔어."

거짓말이었다.
그녀는 20분 전부터 그 자리에 서 있었다. 추운 날씨에 손이 시려왔지만 "춥다"는 말도 하지 않았다.

저녁을 먹고 나서 남자친구가 말했다.

"오늘 피곤해서 일찍 들어가야 할 것 같아."
"응, 그래. 푹 쉬어."

하지만 그녀는 오늘 하고 싶은 말이 있었다.
요즘 둘 사이가 조금 어색한 것 같다는 말,
남자친구가 자꾸 약속을 미루는 게 서운하다는 말.

'지금 말하면 분위기만 나빠지겠지. 피곤한데 괜히 힘들
게 하고 싶지 않아.'
그녀는 그렇게 말을 삼켰다.

집으로 돌아오는 길에 그녀는 문득 깨달았다.
'왜 자꾸 이렇게 되는 걸까?'

## 부모의 표정으로 배운다

주연 씨는 담담하게 말했다.

"나는 늘 비슷한 사람을 만나는 것 같아요.
내가 챙겨 줘야 하는 사람, 내가 조심해야 하는 사람…
그러다 지쳐서 헤어지고, 또 비슷한 사람을 만나요."

"어떤 순간에 가장 조심하게 되나요?"
"상대방 표정이 조금만 굳어도요. 그러면 뭔가… 가슴이
먼저 움츠러들어요."

"그런 느낌이 언제부터였는지 기억나세요?"
그녀는 한참을 생각했다.

"잘 모르겠어요. 원래 이랬던 것 같아요."

"어릴 때도요?"
"어릴 때요…"

그녀가 말을 멈췄다.

"아버지가 늦게 들어오는 날이면 집안 분위기가 무거웠어요. 엄마는 늘 부엌에 계셨고, 나는 내 방에서 조용히 있었어요."

"엄마는 그때 뭘 하고 계셨나요?"
"설거지도 하고, 정리도 하고… 아무 말 없이 그냥 계속 뭔가를 하셨어요."
그녀의 목소리가 작아졌다.

"아버지 기분이 안 좋은 날에는 엄마는 먼저 말을 걸지 않았어요. 아버지가 화를 내면 엄마는 먼저 '미안해'라고 말씀하셨어요.
엄마는 한 번도 화를 내신 적이 없어요. 늘 조용하셨어요."

사람은 부모의 말보다 표정을 먼저 배운다.

엄마가 사람을 대하는 방식,

갈등을 삼키고 평화를 유지하는 방식,
아픈 마음을 말하지 않는 방식.

그 모든 장면이 그녀의 마음속에 "관계란 원래 이렇게 유
지하는 것"이라는 하나의 규칙으로 자리를 잡았다.

그녀는 그제야 말했다.

"나는 엄마처럼 살고 싶지 않았어요.
결혼하면 절대 참고 살지 않겠다고 다짐했어요.
그런데… 지금 내가 연애하는 모습을 보면, 똑같아요.
내가 하고 싶은 말은 뒤로 미루고, 상대 기분부터 살피고,
괜찮은 척하고… 이게 성격인 줄 알았는데."

**다른 방식을 몰랐다**

"지난주에 처음으로 남자친구한테 솔직하게 말했어요."

그녀가 말을 이었다.

"'요즘 약속을 자꾸 미루니까, 내가 섭섭한 마음이 들어.'
라고 했어요."

"그랬더니 남자친구가 뭐라고 했어요?"

"'미안해, 요즘 일이 바빠서 그랬어. 몰랐어.' 그러고는 다
음 주말에 같이 여행 가자고 하더라고요."

그녀는 잠시 말을 멈췄다.

"이번에 보니, 내 마음을 말한다고 해서 관계가 불편해지
지도 않고, 상대가 화를 내지도 않더라고요.
그런데도 또 참게 돼요. 이젠 습관이 된 것 같아요.
말을 하려고 하면 자동으로 '괜찮아'가 먼저 나와요."

"주연 씨 기억에 엄마가 주연 씨한테 제일 자주 하던 말들
이 있을까요?"

"'있는 듯 없는 듯 사는 게 제일 안전하다.
눈에 띄면 미움받는다.' 이런 말을 늘 하셨어요."

"그건 엄마 시대에서 배운 방식이었던 거죠. 지금 주연 씨
생각은 어때요?"

한참 침묵이 흘렀다.

"나도 그건 옛날 사고방식이란 생각을 해요. 그런데 막상
다르게 살려고 하면 잘 안 돼요. 엄마와 다르게 살고 싶었
는데, 쉽지 않네요."

그녀는 엄마처럼 살지 않겠다고 다짐했지만, 다른 방식을
몰랐기 때문에 엄마의 방식을 되풀이하고 있었다.

사랑은 참아서 지켜지는 것이 아니다.
말하지 않는다고 평화가 유지되는 것도 아니다.

자신을 잃어 가면 관계도 결국 함께 무너진다.

그녀는 이제야 자신에게 맞는 방향을 알았다.

엄마의 삶을 이해하면서도, 그 방식을 그대로 반복하지

않아도 된다는 것을.

1. 조용히 앉아, 엄마의 가장 익숙한 표정을 떠올려 본다.

2. 그 표정이 나에게 어떤 '관계의 법칙'을 가르쳤는지 적어 본다.

· 예: 사람들 앞에서는 늘 웃어라.

　손해 보고 사는 것이 속 편한 길이다.

3. 눈을 감고 자신에게 묻는다.

"이 법칙이 지금의 나를 지켜 주고 있는가?"

4. 마음속으로 말해 본다.

"나는 엄마의 삶을 반복하지 않아도 된다."

# 친절한 척하며 상처 주는 사람들

## 진열대 위의 친절

가끔 이런 사람이 있다.

만나고 나면 늘 묘하게 피곤해지는 사람.

커피를 마시며 이런저런 이야기를 나누었을 뿐이다.
상대는 예의 바르고, 말투는 부드럽고, 적당히 웃기기도
한다.
겉으로 보기에는 전혀 문제 될 게 없다.

심지어 다른 사람들은 이렇게 말한다.
"그 사람 정말 괜찮지 않아? 인품도 좋고, 매너도 좋고."

그런데 집에 돌아와 가만히 앉아 있으면 뭔가 찝찝하다.
말투는 분명 친절했는데, 마음은 그렇지 않았다는 느낌이
슬며시 올라온다.

'내가 이상한 건가?'
'별말 없었는데, 왜 이렇게 기분이 묘하지?'

우리는 물건을 살 때도 겉만 보고 사지 않는다.
아무리 포장이 예뻐도 결국 안을 들여다봐야 한다.
진짜 쓸 만한 것이 들어 있는지, 겉만 번지르르한 건지 확
인해야 한다.

인간관계도 비슷하다.
처음 만나는 사람은 대부분 포장을 하고 나온다.
친절함, 상냥한 말투, 교양 있어 보이는 태도, 부드러운
미소.

그 자체가 잘못된 것은 아니다.

문제는, 포장만 보고 그 사람 전체를 믿어 버릴 때 생긴다.
처음 몇 번은 "괜히 내가 오해하는 거겠지"라고 넘길 수
있다.
하지만 만날 때마다 애매한 찝찝함이 남는다면, 그 감각
은 무시해도 되는 신호가 아니다.

"그 어려운 시험에 합격했다며? 정말 너무 잘됐다.
축하해."

여기까지는 분명 축하다.
그런데 뒤에 이런 말이 붙는다.

"근데 그건 네가 잘해서 된 게 아니라, 내가 히 준 기도 덕
분이라는 걸 알아 둬."

말은 여전히 부드럽다. 표정도 환하다.
그러나 그 말을 들은 사람의 마음은 내려앉는다.

겉으로는 축하인데, 이런 메시지가 숨어 있다.

'네가 잘해서 된 게 아니야. 다 내 덕분이야.'

이렇게 포장된 친절은 칭찬처럼 들리지만, 결국 당사자를 아래로 깎아내린다.

착한 사람일수록 이런 순간에 자신을 먼저 의심한다.

'내가 너무 예민한가 보다.'
'그 정도 말로 기분 나빠하는 내가 이상한 거지.'

그러다 보니 어느 순간부터는 "이상하다"라는 자기 느낌을 믿지 못하게 된다.

함께 있을 때보다 헤어지고 나서 혼자 있을 때 더 지치고 초라해지는 관계라면, 그 안에는 친절을 입은 공격성이 숨어 있다.

## 웃는 얼굴의 날카로움

'수동 공격'이라고 부르는 방식은 겉으로는 부드럽고 예의 바르지만, 속으로는 상대에게 상처를 주는 태도다.

대놓고 화를 내고 욕을 하면 누구나 금방 알아챈다.
그래서 관계가 깨질 수도 있고, 본인이 나쁘게 보일 수도 있다.

그 위험을 피하고 싶은 사람은 다른 방법을 선택한다.

직접적인 분노 대신, 웃으면서 찌르는 방식.

"나는 진짜 괜찮으니까 신경 쓰지 마. 너희가 더 좋은 거 먹고 좋은 데 다니는 게 중요하지, 내가 뭐라고. 괜찮아."

말 속에는 분노나 미움이 없다.
하지만 듣는 사람은 어느새 죄책감을 느끼고, 자신의 즐거움이 '누군가에게 미안한 일'처럼 변한다.

이들은 겉으로는 착하고 이해심 많은 사람의 얼굴을 하고
있다.
하지만 그 속에는 "나는 못 받는데, 왜 너는 받느냐"라는
질투와 "네가 나에게 뭔가 갚아야 한다"는 속내가 숨어
있다.

수동 공격형 어른 곁에서 자란 아이는
언제 화를 내야 하는지, 언제 참아야 하는지,
어떤 말이 진짜 칭찬이고 비꼬는 말인지를 구분하기 어려
워진다.

말투와 표정이 다른 어른을 떠올려 보자.

눈빛은 차가운데 목소리는 상냥하다.
입으로는 "고마워, 수고했어"라고 말하지만, 그 말 안에
"그래, 너는 이 정도밖에 못 하는구나"라는 느낌이 들어
있는 사람.
아이뿐 아니라 어른도 헷갈릴 수밖에 없다.

착한 성향의 사람일수록 이 순간에 말을 삼킨다.


'괜히 분위기 망칠까 봐.'
'내가 오해한 것인지도 모르니까.'


그 사이, 수동 공격은 점점 정교해지고 교묘해진다.


직접 화내지 못하는 사람은 제3자를 이용하기도 한다.
자신이 겪은 억울함을 하소연해서 누군가 대신 화를 내게
만드는 방식이다.


"나는 아무 잘못도 없는데, 그 사람이 너무 심하게 하는
거 있지."


듣는 사람은 상대를 점점 나쁜 인간으로 느끼고, 결국 대
신 화를 내준다.


이 과정이 반복되면, '직접 화내지 못하는 사람'이 주도권
을 갖는다.

자신은 직접 나서지 않고, 다른 사람을 통해 갈등을 만든다. 그렇게 아무 잘못도 없는 제3자가 결국 '문제가 있는 사람'처럼 보이게 된다.

가족 안에서도 비슷한 장면이 벌어진다.

시어머니가 며느리에게 직접 불만을 말하지 않고,
아들에게만 하소연을 늘어놓는다.

"나는 며느리가 참 좋은데, 네 아내는 시어머니라 그런지
나를 좀 어렵게 생각하는 것 같아.
아까 전화하니 반가운 목소리가 아니더라고."

처음에는 단순한 하소연처럼 들린다.
하지만 이런 말들이 쌓이면 아들은 집에 가서 아내에게
"엄마가 서운해 하시는데…"라고 말하게 된다.

정작 시어머니는 직접 나선 적이 없기 때문에, 늘 '좋은
사람'으로 남는다.

겉보기엔 아무 문제 없는 것처럼 보이지만, 안에서는 관계가 어긋나고 상처가 쌓인다.

수동 공격을 하는 사람도 결국 고립되고, 그 공격을 받은 사람 역시 고립된다.
둘 다 마음 깊은 곳에서 사람에 대한 신뢰를 잃어버린다.


**안전거리를 만드는 법**

그렇다면 우리는 어떻게 이런 관계에서 벗어날 수 있을까.

첫 번째는, 자신의 느낌을 무시하지 않고 믿어 보는 것이다.

누군가를 만나고 나면 이유 없이 마음이 가라앉는다.
별다른 일도 없었는데 괜히 죄책감이 들고, 집에 와서도 '내가 이상한 걸까?'라는 생각을 반복한다면, 그건 단순한 예민함이 아니다.

마음이 이미 무언가를 알아차렸다는 신호일 수 있다.

"다른 사람들은 괜찮다는데, 왜 나만 불편하지?"라는 질
문이 자꾸 떠오른다면, 그 느낌을 억누르지 말고 인정해
야 한다.

두 번째는, 에둘러 말하지 않고 솔직한 감정을 표현하는
것이다.

"그 말이 조금 무겁게 들렸어요."
"듣고 나니 제가 작아지는 느낌이 들어요."
"축하해 주셔서 고마운데, 뒤에 말씀이 조금 마음에 걸렸
어요."

이건 상대를 공격하는 문장이 아니라, 지금 내 감정을 명
확하게 보여 주는 문장이다.
처음에는 입 밖으로 꺼내는 것만으로도 심장이 빨리 뛰고
손에 땀이 날 수 있다. 하지만 그 순간을 한 번 통과하면,
'아, 나도 나를 지킬 수 있구나'라는 확신이 생긴다.

세 번째는, 안전거리를 만드는 결심이 필요하다.

웃는 얼굴로 계속 나를 갉아먹는 사람,
늘 피해자처럼 말하며 주변을 돌려 공격하는 사람,
나를 이용해 대신 화를 내게 만드는 사람이라면,
그 사람과 거리를 두는 것이 나에게 꼭 필요한 보호막이
된다.

상냥함은 마음을 나누기 위해 존재하는 것이지, 누군가의
비틀린 방식이나 열등감을 감춰 주는 포장지가 아니다.

나를 소모하게 만드는 관계를 버티는 것이 결코 '착함'이
아니다.
착한 사람일수록 '내가 너무 냉정한가?'를 걱정하지만, 정
작 더 냉정한 것은 그 상황 속에 자신을 방치하는 일이나.

지금 어떤 관계에서 자신이 닳아 없어지고 있다면, 더 참
지 말고 용기 내어 벗어나야 한다.

그때 필요한 것은 상냥함이 아니라, 나를 지키는 안전거리다.
내가 느끼는 찜찜함을 더 이상 외면하지 말아야 한다.

그렇게 마음의 신호를 알아차리는 순간, 친절한 척하며 상처 주는 사람들 사이에서도 나를 잃지 않고 서 있을 수 있는 첫걸음이 된다.

1. 최근에 만났던 사람 중, '겉으로는 문제없는데 이상

   하게 기분 나빴던 사람' 한 명을 떠올린다.

2. 그 사람과의 대화에서 기억에 남는 한 문장을 떠올

   려 본다.

   그 순간 내가 느꼈던 감정을 한 단어로 이름 붙인다.

   · 예: 불편함, 작아짐, 죄책감, 무시당한 느낌

3. 눈을 감고 마음속으로 말해 본다.

   "내 느낌은, 나를 지키기 위한 신호일 수 있다."

# 어색함이 부담스러워 용서부터 하는 사람

## 사과도 듣기 전에

"나는 용서를 잘하는 사람이에요. 남들이 보면 성격이 좋다고 하죠. 근데… 왜 이렇게 힘들까요?"

수정 씨는 한참을 망설이다가 입을 열었다.

"어떤 상황에서 주로 용서를 하시나요?"

"거의… 모든 상황에서요. 남편이 약속을 어겨도, 시어머니가 말도 안 되는 걸 요구해도, '괜찮아요'라고 먼저 말해요.”

사과를 듣기도 전에 먼저 말해 버리는 “괜찮아요”.

그녀는 그 이유를 이렇게 설명했다.
“어색해지는 게 너무 싫거든요. 그 어색한 공기가 견딜 수
가 없어요.”

그녀는 어릴 때부터 폭력과 방치 속에서 자랐다.
아버지는 술을 마시면 물건을 집어던졌고, 어머니는 그
폭력 앞에서 침묵했다.

그녀는 그 집에서 살아남기 위해 일찍부터 배웠다.

“어색해지면 안 된다.
누군가 기분 나빠지면 더 큰 일이 벌어진다.”

그래서 누가 화를 내려고 하면 먼저 “제가 잘못했어요”
라고 말했다. 억울해도 참았고, 위험해질 것 같으면 바로

“괜찮아요”라고 했다.

“스무 살이 되자마자 집을 나왔어요. 더 이상은 못 견디겠
더라고요.”

그녀는 아르바이트를 하던 가게의 사장님과 사귀었다.
친절하게 대해 주는 사람이었고, 그녀는 그 사람에게 의
지하고 싶었다.

교제 기간도 거의 없이 결혼했다.
“결혼하면 달라질 줄 알았어요. 이제는 안전할 줄 알았
어요.”

하지만 결혼 후 석 달쯤, 남편과 시댁의 모습이 드러나기
시작했다.
남편은 무책임했고, 시어머니는 교묘하게 요구를 했다.

“며느리가 이 정도는 해 줘야지”
“네가 조금만 참으면 되는데 왜 그렇게 예민하니?”

그녀는 또 참았다.

"그때도 내가 '괜찮아요'를 먼저 말했어요. 사과도 안 받
았는데요."
그건 용서가 아니라 두려움이었다.

"왜 먼저 괜찮다고 하셨을까요?"
침묵이 길어졌다.

"어색해지는 게 두려웠어요.
불편하다고 말하면… 관계가 깨질 것 같았어요."

"관계가 깨지면 어떻게 될까요?"
"또 혼자가 돼요. 이젠 의지할 데가 없어져요."
그녀의 목소리가 작아졌다.

"어릴 때 친정에서도 그랬어요. 내가 뭔가 말하면 더 큰
폭력이 돌아왔거든요. 그래서 배웠어요. 입 다물고 용서
하는 게 안전하다고요."

그녀는 자신이 용서를 잘한다고 생각했다.

하지만 그건 용서가 아니었다.

용서는 진심에서 나오는 것이다.

그녀의 "괜찮아요"는 두려움에서 나왔다.

관계가 무너질까 봐 겁나서 입을 닫았던 것이다.

"나는 착한 사람이 되려고 했어요. 그게 맞는 줄 알았어
요. 동화책에도 늘 '용서하고 행복하게 살았습니다'라고
나오잖아요."

그녀는 분노와 억울함이 올라올 때마다 "용서해야지"라
고 다짐했다.

하지만 그건 용서가 아니라 감정을 미루는 것이었다.

감정은 비워지지 않았고, 쌓여만 갔다.

"남편이 또 늦게 들어오고, 시어머니가 또 말도 안 되는
요구를 하고…
그럴 때마다 마음속에는 뭔가 쌓이는데, 그게 뭔지 모르

겠어요. 그냥 답답하고 숨이 막혀요.”

“그게 바로 정리되지 않은 감정이에요.”

감정을 표현하지 않고 덮어 두면, 그 감정은 사라지지 않
는다. 무의식에 잠들어 있다가 다른 상황에서 더 강하게
튀어나온다.

그녀도 그랬다.
남편과의 문제가 정리되지 않은 채로 쌓이다가, 어느 날
전혀 상관없는 일로 폭발했다.

“마트에서 계산원이 불친절하게 대했는데, 갑자기 눈물
이 쏟아졌어요. 그 사람한테 화가 난 게 아닌데… 왜 그랬
는지 모르겠어요.”

“수정 씨 마음에 쌓여 있던 것들이 그때 터진 거예요.”
그녀는 한참을 가만히 있다가 말했다.

"나는 어색해지는 게 싫어요. 그 사람들이 나한테 화내는 것도요. 그래서 그냥… 빨리 끝내고 싶었어요."


## 감정을 정리해야 용서도 가능하다

"먼저 감정을 정리해야 해요. 용서는 그다음이에요."

그녀는 감정을 정리한다는 말을 이해하지 못했다. 그러나 차근차근 감정을 꺼내는 작업을 시작하자, 처음으로 진짜 자신의 목소리를 듣기 시작했다.

아버지에게 말하지 못했던 말들.
"나한테 왜 그랬어요? 아빠가 너무 무서웠어요."

어머니에게 말하지 못했던 말들.
"어린 나를 지켜주지도 않고 왜 그냥 보고만 있었어요? 너무 미웠어요."

남편에게 말하지 못했던 말들.
"당신은 나를 안전하게 보호해 줄 사람이라고 믿었는데,
당신도 똑같더라고요."

시어머니에게 말하지 못했던 말들.
"나도 며느리이기 전에 한 사람이에요.
내가 시댁 뒷바라지하려고 결혼한 건 아니잖아요?"

말을 꺼내는 것만으로도 그녀의 마음이 가벼워졌다.
"아, 이렇게 말해도 되는 거였는데…"

그리고 마지막으로 늘 참기만 했던 자신에게 건넨 말.

"그동안 참느라 힘들었지? 너무 힘들었을 거야.
나도 잘 살아 보려고 그렇게 한 건데…. 미안해."

감정이 정리될수록, 그녀의 삶에서 같은 패턴이 멈췄다.
남편이 늦게 들어와도 "괜찮아요"라고 하지 않았다.
시어머니가 요구를 해도 솔직하게 자신의 형편을 말했다.

처음엔 관계가 어색해졌지만, 그렇다고 무너지지는 않
았다.
"생각보다 마음이 무겁지 않았어요. 그냥… 어색한 거였
어요."

그녀는 말할 수 있게 되었고, 그제야 용서를 이해할 수 있
게 되었다.

"용서가 뭔지 조금 알 것 같아요. 그 사람들을 다시 좋아
하게 되는 게 아니라, 그 사람들한테 쓰던 마음의 힘을 이
제 놓아주는 거죠?"

용서는 화해가 아니다.
다시 가까이 지내겠다는 뜻도 아니다.

용서는 그 사람을 향해 붙잡고 있던 마음의 끈을 내가 내
려놓는 일이다.
그 일을 가능하게 만드는 것은 착함도, 참을성도, 인내도
아니다. 감정을 정리하는 용기다.

그녀는 이렇게 말했다.

"제가 용서를 잘하는 사람인 줄 알았어요. 근데 한번도 용서를 제대로 해 본 적이 없었더라고요."

용서는 관계를 지키기 위한 기술이 아니라, 내가 나에게 되돌아오는 과정이다.

어색함이 부담스러워 먼저 용서하는 사람은, 대부분 '착함'으로 자신을 보호하려다 가장 먼저 자신만 사라지게 된다.

진짜 용서는 감정이 충분히 정리된 뒤에야 가능하다.
그 전까지의 용서는 두려움에 밀린 체념일 뿐이다.

1. 최근에 "괜찮아요"라고 말했지만 사실은 괜찮지 않았던 순간을 떠올린다.

2. 그때 정말 하고 싶었던 말을 마음속으로 꺼내 본다.

· 예: 저는 사실 속상했어요.

그 말은 칭찬이 아니었잖아요. 나도 알고 있었어요.

3. 그 말을 혼자서라도 소리 내어 한 번 말해 본다.

4. 마음속으로 조용히 말한다.

"용서는, 내가 준비되었을 때 하는 것이다."

# 채워줘도 채워줘도 채워지지 않는 사람

## 사람을 도구처럼 대하는 사람들

지영 씨가 상담실에 들어섰을 때, 표정은 이미 많이 말라
있었다.

"선생님, 제가 이상한 건가요? 왜 이렇게 사람들한테 휘
둘리는지 모르겠어요…"

첫날 꺼낸 이야기는 고등학교 때부터 20년을 함께한 친구
영주였다.
늘 붙어 다니는 친구였지만, 지영 씨가 시험을 잘 보기만

하면 영주는 친구들 앞에서 슬쩍 비꼬곤 했다.

"얘들아, 쟤는 얼마나 내숭인지 아니? 남몰래 엄청 공부하면서 맨날 우리한테는 깜박 잠들어서 공부 못 했다고 하잖아."

농담처럼 웃어넘기는 말이었지만, 그녀의 마음에는 제법 깊은 금이 갔다.
그래도 그녀는 영주를 이해하려 했다.

'성적이 안 나와서 속상한가 보다…. 내가 너무 예민한가?'

직장에 들어간 뒤에도 달라지지 않았다.
영주는 중요한 발표가 있는 날이면 그녀의 옷과 구두를 빌려 갔지만, 제대로 갖다준 적이 없었다.
그녀가 달라고 하면 고맙다는 말 대신 이렇게 말했다.

"야, 그냥 줘도 안 입는다. 무슨 비싼 명품도 아니면서 계속 달라고 난리야?"

농담처럼 하는 말에 그녀는 불편했지만,
‘친구니까… 뭐 내가 이해해야지’ 하며 매번 넘겼다.

그러다 어느 날, 영주는 갑자기 목돈이 필요하다며 연락
했다.
“너 차 바꾼다더니… 3천만 원 있다며?
그거 나 먼저 빌려줘. 남편 돈 나오면 바로 줄게.”

그녀는 결국 남편 몰래 3천만 원을 빌려줬다.
20년이 넘은 친구니까, 친구가 어려우면 도와야 한다고
생각했다.
그러나 약속된 날이 되어도 돈은 돌아오지 않았다.

“야, 누가 니 돈 떼먹니? 볼 때마다 돈, 돈, 돈!
우선 지금 천만 원밖에 없으니까 나머지는 남편 돈이 마
련되면 줄게.”

그 말에 그녀는 오히려 이렇게 말했다.
“…너도 형편이 어려울 텐데, 돈 달라고 해서 미안해.”

하지만 나는 단호하게 말했다.

"어떤 사람들은 사람을 '사람'으로 보지 않아요.
필요한 것을 채워주는 '도구'로만 보는 거죠.
영주가 옷을 빌려 갈 때, 영주한테 지영이는 '친구'가 아니
라 '예쁜 옷을 빌릴 수 있는 곳'이었던 거예요."

그녀는 그 말을 듣고 오래 침묵했다.
그동안 자신이 흘려보낸 감정들의 이유가 조금씩 보이기
시작했기 때문이다.


## 만족을 모르는 끝없는 요구

"혹시… 다른 관계에서도 비슷한 느낌을 받은 적 있으세
요?"

그녀는 잠시 망설이다 말했다.
"…사실 시어머니도 그래요."

결혼 초, 그녀는 형편이 어려운 시댁에 늘 선물을 챙기고 외식도 같이했으며, 필요하면 도와드리기도 했다.
그러던 어느 날, 시어머니는 이렇게 말했다.

"우리 아들 월급도 알고, 네 월급도 다 안다. 이제 매달 생활비 좀 보태라."

그녀는 대출이 많았지만 '얼마나 형편이 안 좋으면…' 하는 마음으로 생활비도 챙겨드렸다.

"남편은 시댁에 말 한마디 못 해요. 어려서부터 장남의 책임을 계속 주입 당했다고 봐야 할까요….
시댁 일은 당연히 자기 몫이라고만 생각해요."

그 후에도 요구는 점점 더 커졌다.
"첫째가 동생 결혼에 얼마라도 보태야지."
"이번 행사는 당연히 네가 챙겨야지."

그녀는 '형편이 어려우니까…',

‘내가 조금 더 하면, 언젠가는 마음을 알아주시겠지…’라
며 참았다.

넓은 평수로 이사하자, 시어머니는 이렇게 말했다.
“너희 집이 넓으니까, 이제 명절이랑 가족모임은 여기서
보내자.”

그 말을 듣자, 결국 그녀의 마음이 터져 나왔다.
“이제 좀 그만하세요! 너무 하신 거 아니에요?”

그녀는 맞벌이로 바쁘게 아이들을 키우고 있었고,
시어머니는 건강하지만 경제활동은 하지 않으면서 요구
만 했다.
며느리인 그녀가 어떤 상황에서 지내고 있는지에는 전혀
관심이 없었다.

그녀의 이야기를 들으며, 나는 설명을 이어 갔다.

“어떤 사람들은 아무리 받아도 채워지지 않는 마음을 가

지고 있어요.

이들에게 필요한 건 '도움'이 아니에요.

'내가 원하면 너는 나를 위해 뭐든지 해야 한다'는 느낌,

'나는 그럴 자격이 있는 사람'이라는 느낌이에요.

영주가 3천만 원을 빌려 갈 때도 마찬가지였어요.

'내가 원하면 지영이는 나한테 3천만 원도 줄 수 있어'라

는 그 느낌이었죠.

그래서 아무리 줘도 만족하지 않는 거예요."

그녀는 그제야 이해되지 않던 순간들이 하나로 이어지기

시작하는 걸 느꼈다.

## 잘못을 뒤집어씌우는 말의 기술

그녀가 "그만하세요"라고 말한 순간, 가해자와 피해자가

바뀌었다.

시어머니가 그녀를 몰아갔다.

"너 진짜 매정하구나."

"너는 너밖에 모르는 이기적인 사람이야."

"1년에 딱 두 번인 명절이랑, 가끔 있는 가족모임이 뭐가

어렵다고 유세를 떠냐?"


그 말을 들은 날, 그녀는 한참을 멍해 있었다.

문제가 자신 때문일까 고민하며 끝없이 자책했다.


그 이후로 시댁 식구들은 그녀를 "이기적이고 매몰찬 며

느리"로 대하기 시작했다.

'며느리니까 당연히 다 해야 한다'는 생각을 가진 시댁 식

구들과 그녀의 거리는 점점 멀어졌다.

그녀는 며느리의 의무만 있었지, 며느리로서 존중이나 챙

김을 받은 적은 없었기 때문이다.


영주도 마찬가지였다.

돈을 갚지 않은 사람은 영주였고, 기다린 사람은 그녀였다.

그런데 조금만 대화를 하다 보면 영주는 상처받은 사람

이 되고, 그녀는 돈에 집착하는 사람처럼 말의 방향이

틀어졌다.

그럴 때마다 그녀는 늘 자신부터 의심했다.
"내가 너무했나?"
"진짜 내가 이기적인가…"

나는 분명하게 설명했다.

"이건 지영 씨의 잘못이 아니에요. 이 사람들이 늘 쓰는
방식입니다.
자신의 잘못을 오히려 상대방에게 덮어씌우죠.
상대가 오히려 '내가 잘못했나?'라고 믿게 만드는 방식이
에요."

그 설명에, 그녀는 처음으로 마음이 기벼워졌다.

"이제 영주와 시어머니의 공통점이 보이시나요?
둘 다 끝없이 요구만 하고, 고맙다는 말은 안 하고, 오히
려 지영 씨를 나쁜 사람으로 만들어요.

그래서 이들의 패턴을 알아차리는 게 정말 중요해요.”

그녀는 조금씩 달라지기 시작했다.

어느 날, 영주에게서 또 연락이 왔다.
“지영아, 나 차 수리비가 좀 필요한데…”

예전 같았으면 그녀는 이미 “얼마 필요해?”라고 물었을
것이다. 하지만 이번에는 달랐다.
“영주야, 지금은 나도 어려워. 여유가 없어.”

전화 너머로 영주의 목소리가 차갑게 변했다.
“야, 너 친구 맞니? 차 수리비도 못 빌려줘?”

이 말을 듣는 순간, 상담했던 내용이 떠올랐다.
‘아, 또 이 패턴이구나.’

“영주야, 나 정말 여유 없어. 미안해.”

그렇게 전화를 끊고 나니 가슴이 두근거렸다.

하지만 동시에 이런 생각도 들었다.

'20년 넘게… 영주가 나를 진짜 친구로 대했던 순간이 있었나?'

변화는 쉽지 않았다.

영주는 다른 친구들에게 그녀의 험담을 했다.

"지영이 요즘 완전 변했어. 애가 점점 이기적이야."

하지만 그녀는 예전처럼 무너지지 않았다.

'아, 내가 자기 요구를 안 들어주니까 나를 나쁜 사람으로 만들고 있구나.'

'이게 그들이 항상 쓰던 방법이구나.'

상단이 끝날 무렵, 그녀는 더 이상 그들에게 휘둘리지 않았다.

그리고 무엇보다, 자신을 소중하게 여기기 시작했다.

"선생님, 이제 알겠어요. 내가 잘못한 게 아니었어요.

내가 나를 지켜야 했던 거였어요."

"맞아요, 지영 씨. 지영 씨는 이제 착함의 감옥에서 빠져
나왔어요.
이제 지영 씨의 인생은 지영 씨 것이에요."

그녀는 이제 명확하게 이해했다.
착하게 사는 것과 호구로 사는 것은 다르다는 것을.

진짜 착한 사람은 다른 사람만 챙기지 않는다.
자기 자신도 함께 챙기는 사람이다.

그리고 나를 소중하게 여기지 않는 관계에는 거리를 두어
도 된다는 것을.

1. 내가 잘못하지 않았는데도, 잘못한 것처럼 느껴졌던 순간을 떠올린다.

2. 자신도 모르게 상대방에게 습관적으로 '사과'를 하고 있었던 적은 없었는지 머물러본다.

3. 마음속으로 조용히 말한다.

   "미안하다는 말은, 내가 정말 잘못했을 때 하는 것이다."

4. 습관적으로 '미안해'라는 말이 나오려고 하면, 3초만 멈춘다. 그리고 스스로 묻는다.

   "내가 정말 잘못했나, 아니면 습관적으로 사과하려는 걸까?"

# 참으면, 몸이 대신 울기 시작한다

## 아무에게도 말하지 못했다

"요즘 몸이 너무 안 좋아요."
지은 씨는 한숨을 내쉬었다.

"어디가 불편하세요?"
"아랫배가… 계속 묵직하고 통증이 있어요. 피곤하면 더 심해지고요."

그녀는 한 달 전에 산부인과에서 자궁에 문제가 있다는 진단을 받았다.

의사는 스트레스를 많이 받았냐고 물었지만, 그녀는 "별
일 없어요"라고 했다.
하지만 그 말은 사실이 아니었다.


"지금 편의점을 운영하고 있어요."
그녀는 목소리를 낮췄다.
1년 전, 모두가 반대하는 가운데 대출을 받아 편의점을
열었다.


"다들 '요즘 경기도 안 좋은데 무슨 편의점이냐',
'대출받아서 장사하지 마라'고 했어요.
근데 나는 뭐라도 해야 될 것 같았어요. 아이들 키우면서
편의점 정도는 충분히 할 수 있을 것 같았어요."


"편의점은 지금 어때요?"
"처음 몇 달은 괜찮았어요. '보라고, 내가 할 수 있다고'
이런 마음이었어요.
근데… 6개월도 안 돼서 달라졌어요."

아르바이트 시급은 올라가는데 매출은 줄고, 남는 건 거의 없었다.

더 힘든 건, 누구에게도 말할 수 없다는 사실이었다.


"남편한테는 말 못 해요. '그것 봐라, 내가 뭐라고 했냐'라고 할 게 뻔하니까요.

친정도, 시댁도, 친구들도 다 말렸으니까… 이제 와서 하소연할 데도 없어요."


그렇게 그녀는 혼자 버티기로 했다.

낮에만 아르바이트 직원을 쓰고, 밤에는 혼자 편의점을 지켰다. 24시간이니까 밤샘을 할 수밖에 없었다.


"밤을 새우고 아침에 집에 오면… 아이들 챙겨서 학교 보내고, 집안일도 해야 하고요. 그러다 보면 낮잠도 못 자요. 그리고 저녁에 또 편의점 가야 하고요."


"그럼 언제 주무세요?"
"잘 시간이 없어요. 그냥… 버텨요."

그녀의 목소리가 떨렸다.

"행여라도 남편이나 가족들이 눈치챌까 봐… 너무 불안해요. 지금 상황을 들키면 안 돼요."


## 몸이 보낸 신호를 무시했다

"몸이 아프기 시작한 건 언제부터예요?"
"한 6개월 전에요. 처음에는 그냥 피곤해서 그런가 보다 했어요."

그녀는 언젠가부터 피곤하면 아랫배에 묵직하게 느껴지는 통증이 있었다.

"병원 가려고 했는데 시간이 없더라고요. 낮에는 집안일 하고, 저녁에는 편의점 가야 하고. 그냥 좀 지나면 괜찮아지겠지 했어요."

하지만 통증은 점점 심해졌고, 허리도 무거웠다.
얼굴도 자꾸 부었다.

"그래도 계속 미뤘어요. 병원 가면 뭔가 큰 병이라고 할까
봐요. 그렇다고 지금은 아파도 자리를 비울 형편도 안 되
니까요."

몸은 작은 신호를 먼저 보낸다.
하지만 우리는 그 신호를 놓친다. 더 바쁜 일이 있다고,
참으면 된다고, 그냥 지나쳐 버린다.

"결국 너무 아파서 병원 갔어요. 자궁에 문제가 있다고
하더라고요. 스트레스를 너무 많이 받고, 몸도 혹사했다
고… 이러다 큰일 난다고요."

그녀는 조용히 눈물을 닦았다.

"나는 그냥… 버티면 되는 줄 알았어요. 근데 몸은 안 되
나 봐요."

우리 사회에서 여성의 몸은 여러 역할을 짊어진다.
아이를 챙기고, 집안일을 하고, 직장도 나가고, 누군가의
감정까지 받아 내고…

그 많은 책임이 억눌린 감정과 만나면, 가장 약한 곳부터
신호가 온다.
그녀에게는 그곳이 '자궁'이었다.
여성성, 책임, 억눌림…
말 못 한 감정들이 오래 눌려 있었던 자리.


## 체면보다 중요한 것

"나는 이제 어떡해야 될지 모르겠어요. 편의점을 접어야
할까요?"
"그 전에 먼저 해야 할 일이 있어요."

"뭔데요?"
"남편한테 지금 상황을 말해 보는 건 어때요?"

그녀는 고개를 저었다.

"남편한테는 절대 못 해요. 실망할 거예요."
"하지만 더 심각해지면, 혼자 감당할 수 있을까요?"
그녀는 말이 없었다.

"안 그래도 남편도 하는 일이 잘 안 되는데, 나까지 짐을
더 얹으면 많이 힘들 거예요."

"많이 힘들다 해도 함께 사는 남편은 이런 상황을 알고 있
어야 되지 않을까요?
혼자 버티는 것보다 훨씬 나을 거예요."

다음 상담에 그녀는 달라진 표정으로 들어왔다.

"남편한테 말했는데, 생각만큼 화내지 않더라고요.
오히려 '왜 진작 말 안 했냐'고 하더라고요."

남편은 상황을 듣고 나서 친구들에게 조언을 구했다.

편의점을 정리하는 게 나을지, 운영 방식을 바꿔 볼지 여러 아이디어를 모았다.

"나는 혼자 다 망했다고 생각했는데, 남편은 '이번에 힘든 거지. 또 방법을 찾으면 되지'라고 하더라고요."

그녀는 병원 예약도 하고, 치료도 본격적으로 받기 시작했다.

"나는 체면 때문에 버텼어요. '나도 잘할 수 있다'는 걸 보여 주고 싶었어요. 근데 그러다가 몸만 망가뜨렸네요."

그녀의 말에는 후회와 안도의 감정이 함께 묻어 있었다.

우리는 너무 오래 체면으로 버티며 산다.
그러다 보니 몸이 보내는 미세한 신호를 계속 놓친다.
그 신호들을 우리가 무시해 버리면, 아무리 소리쳐도 듣지 않으니 결국 더 거센 방식으로 찾아온다.

## 몸이 대신 울어 주는 순간

그녀는 사실, 아픈 것이 두려웠던 게 아니라 '누군가에게
실망을 줄까 봐' 두려웠던 것이다.

이 두려움이 오래 머물면, 몸은 결국 대신 울기 시작한다.
말하지 못한 감정이 쌓이고 쌓이면 마음보다 몸이 먼저
무너진다.
몸은 우리의 마지막 경계이기 때문이다.

아랫배의 통증은 '여기 너무 무거워'라는 신호였고,
부은 얼굴은 '너무 울고 싶은 마음'을 대신 표현하는 것일
수 있다.
잠 못 이루는 밤은 '이제 멈춰 달라'고 요청하는 절박한 외
침일 수도 있다.

아픈 증상은 벌이 아니라, 우리가 놓친 감정을 대신 알려
주는 메시지다.
그 메시지를 듣기 시작할 때, 삶이 다시 숨을 돌린다.

지금 내 몸이 아픈 이유가 '과로' 때문만은 아닐 수 있다.
'스트레스' 때문만도 아닐 수 있다.

말하지 못한 서러움, 혼자 버텨 온 긴장,
체면 때문에 삼켜온 두려움.
그 감정들이 몸을 통해 울고 있을지도 모른다.

몸이 보내는 신호는 우리를 위협하려는 것이 아니다.

지금까지의 방식에서 조금 벗어나 보라고,
더 이상 혼자 버티지 말라고,
다른 삶으로 건너갈 기회라고 알려 주는 것이다.

나를 지키는 일은 체면보다, 역할보다, 책임보다 더 우선
이다.
내가 무너진 뒤에는 아무것도 지킬 수 없기 때문이다.

1. 천천히 누워서, 지금 내 몸에서 가장 불편한 곳이 어
   딘지 집중해 본다.
2. 그 부위에 손을 대고 느껴 본다.
3. "언제부터 아팠어? 내가 뭘 무시했어?"라고 그 부위
   에게 물어본다.
4. 마음속으로 조용히 말해 준다.
   "이제 네가 외치는 그 신호에 관심을 가질게.
   고마워."

# 3부

# 착함의 감옥 벗어나기

# 착함의 주문이 풀릴 때

## 착한 사람이라는 주문

"착해야 사랑받는다."

누가 굳이 말로 가르쳐 주지 않아도, 우리는 일찍부터 이 주문을 외우며 자란다.

화내지 말고, 기분 나빠도 참아야 하고, 상대가 불편해하면 내가 먼저 웃어야 한다.

그러다 보니 어느 순간부터 생각보다 빨리 "괜찮아요"라는 말이 먼저 튀어나온다.

상대가 조금만 난감해 보이면 자동으로 이런 말이 튀어나온다.

"괜찮아요."

"제가 할게요."

"전 괜찮으니까, 다른 사람 먼저 하세요."

이 말들을 너무 자주 쓰다 보면 어느 날 문득 이런 생각이 든다.

'근데… 나는 언제 한 번이라도 괜찮지 않아도 된 적이 있었나?'

연주 씨는 몇 년 전 친구들과 3박 4일 여행을 갔다.

여행 전부터 그녀의 방에는 커다란 캐리어가 덩그러니 펼쳐져 있었다.

"얘네 피부 예민하니까 마스크팩 여러 장 챙겨야지."

"혹시 배탈 날 수 있으니까 상비약도 종류별로 넣어 두고…"

"저번에 누가 춥다고 했었지? 얇은 카디건 하나 넣자."
자기 옷을 넣기도 전에 캐리어는 이미 반쯤 찼다.


연주 씨 마음은 묘하게 뿌듯했다.
'이 정도는 해 줘야지. 내가 챙겨 가면 애들도 편할 거야.'


하지만 그 뿌듯함의 밑바닥에는 이런 마음도 함께 있었다.
'이런 나를 친구들도 당연히 좋아해 주겠지.'


공항에서 친구들을 만났을 때 그녀는 혼자 숨이 찼다.
반대로 친구들의 캐리어는 가볍고 단정했다.
누구의 가방에서도 고추장, 상비약, 여벌의 카디건 같은
건 나오지 않았다.
각자가 자기 것만 딱 챙겨 온 가방들이었다.


'역시 애들은 쿨해. 나는 왜 이렇게 못 놓을까…'


숙소에 도착하자마자 그녀는 냉장고를 열고 음료수를 정
리했다.

"너네 팩 할 사람? 내가 가져왔어."
친구들은 "역시 넌 준비성이 끝내줘"라고 웃었다.

그런데 시간이 지날수록 그녀의 마음이 혼란스러웠다.
마스크팩을 꺼냈을 때도 친구들은 각자 자기 가방에서 팩
을 꺼냈다. 편의점에서도 그녀만 "너네는 뭐 먹을래?"를
먼저 물었다.

돌아오는 비행기 안에서 그녀는 창밖을 바라보며 생각
했다.
'근데, 왜 이렇게 허탈하지?'

집에 들어와 가방을 풀면서 갑자기 눈물이 났다.
가방에는 거의 쓰이지 않은 물건들이 그대로 들어 있었다.
'아무도 나한테 이렇게 해 달라고 한 적은 없는데…
나는 왜 늘 이렇게까지 하는 걸까?'

그녀의 어린 시절을 거슬러 올라가 보면, 늘 비슷한 말이
반복되고 있었다.

“착한 딸이 돼야지.”
“누가 시키지 않아도 네가 먼저 나서서 도와야지.”

그 말들은 충고이면서 동시에, 그녀의 정체성이 되었다.

어느 날은 이런 말을 들었다.
“그래도 우리 집은 네 덕분에 돌아간다. 네가 아니었으면 어쩔 뻔했니.”

그 말은 달콤한 칭찬이면서도 ‘그래서 너는 계속 이렇게 살아야 해’라는 주문처럼 느껴졌다.

‘나는 남을 도와주는 사람이어야 한다.’
‘나는 착한 사람이어야 한다.’

이 주문은 시간이 지날수록 더 강력해졌고, 그 덕분에 열등감과 수치심을 덜 느낄 수 있었다.

“적어도 나는 나쁜 사람은 아니야.”

"이 정도는 해 줘야 내가 괜찮은 사람이지."

그렇게 '착한 역할'을 지키는 동안, 서운함, 분노, 질투, 억울함 같은 감정들은 '착한 사람'이라는 이름 뒤에 조용히 숨겨졌다.


## 명절마다 찾아오는 전쟁

그녀에게 가장 힘든 시기는 명절이었다.

'며느리는 일찍 가야지.'
'빈손으로 가면 안 되지.'

명절 아침, 그녀는 누구보다 일찍 시댁에 도착했다.
아직 아무도 오지 않은 부엌이 그녀를 기다리고 있다.

"아이고, 벌써 왔냐. 역시 우리 며느리가 최고야."
그 말에 잠시 뿌듯함을 느끼지만, 시간이 지날수록 그 감정은 서서히 바뀐다.


점심 무렵이 되어서야 다른 형제들이 하나둘씩 도착한다.
"길이 막혀서 늦었어요."
그들은 거실에 앉아 차를 마시고, 부엌에서는 여전히 그
녀와 시어머니만 분주하다.


설거지를 하다가 마음속에서 조용히 말이 나온다.
'나는 길 안 막혔나? 나는 애들 없나? 왜 나만 이렇게 일찍
와서 이걸 다 하고 있지?'


집으로 돌아가는 차 안에서 남편이 묻는다.
"왜 그래? 많이 피곤해?"


그제야 그녀 안에 쌓여 있던 말들이 한꺼번에 터져 나온다.
"당연히 피곤하지! 나 혼자 다 했잖아! 내가 만만한 거야,
뭐야?"


그날 밤, 그녀는 생각했다.

'왜 나는 그 자리에서는 아무 말도 못 하고, 집에 와서야
폭발할까?'


## 주문이 풀리는 순간

어느 날, 그녀와 이야기를 나눴다.

"연주 씨, 혹시 이런 생각 자주 하세요? 사람들이 나를 우
습게 본다고."

"네. 맞아요."
"근데 가만히 들어 보면, 먼저 연주 씨가 자신을 별거 아
닌 사람처럼 여기며 지낸 시간이 훨씬 길었어요.
연주 씨는 늘 이렇게 생각해 왔어요.
'착한 사람이 인정을 받는다.'
'내가 솔선수범하는 게 안전하다.'
이건 사실 '나는 있는 그대로는 사랑받지 못한다'는 전제
를 깔고 있어요."

"그럼… 내가 나를 먼저 소홀히 대해 왔다는 말인가요?"

"네. 이제 우리가 배워야 하는 건 이거예요.
우습게 본다고 화내지 말고, 우습게 못 보게 하라."

"그건 아주 작은 선택에서 시작돼요.
여행 갈 때 이번엔 내 짐만 챙겨 보는 선택.
명절에 내가 감당할 수 있는 시간에 맞춰 가 보는 시도.
거창하게 한 번에 바꾸는 게 아니라, 한 장면씩 내 마음을
먼저 살피는 연습이죠."

한 사람의 마음 안에는 서로 상반된 감정들이 함께 있다.
남에게 잘해 주고 싶은 진심.
그렇게 해야만 내 가치가 유지될 것 같은 불안.

착함이 힘들어지는 지점은, 바로 이 두 가지가 뒤엉킬
때다.
정말 좋아서 하는 배려라면, 돌아온 반응에 따라 기분이
휘청거리지 않는다. 하지만 '이 정도는 해야 내가 괜찮은

사람 같다’는 마음이 섞이면, 배려는 역할이 된다.

그리고 역할에는 항상 대가가 따라온다.
그 대가가 돌아오지 않을 때 우리는 생각한다.
‘내가 얼마나 했는데.’

하지만 조금 더 들어가 보면, 그 화살은 사실 자신을 향해
있어야 한다.
‘나는 왜 나를 이렇게까지 힘들게 만들었을까.’

착함의 주문이 풀릴 때, 극적인 변화가 오는 건 아니다.

이번 추석, 그녀는 처음으로 시어머니께 전화를 걸었다.
“어머니, 오전에는 제가 할 일이 있어서요. 점심 조금 지
나고 갈게요.”

전화를 끊고 나서 한참 동안 심장이 쿵쾅거렸다.
하지만 시댁에 도착하자, 그녀가 예상했던 큰일은 일어나
지 않았다.

친구들과의 여행에서도 이번에는 자신의 짐만 챙겨서 갔다. 여행지에 도착해서도 그녀에게 '짐은 왜 안 챙겨왔냐'고 묻는 사람은 없었다.

집에 돌아와 가방을 풀면서 그녀는 처음으로 이런 생각을 했다.
'내가 안 챙겨도, 아무 일도 일어나지 않는구나.'

그리고 그 순간, 착함의 주문이 조금 느슨해졌다.
"내가 꼭 다 챙겨야만 사랑받는 건 아니구나."

착함의 주문이 풀린다는 건, 착한 사람이 나쁜 사람이 된다는 뜻이 아니다.
두려움에 밀려서 하는 착함은 결국 원망으로 바뀐다.
겉으로는 미소를 짓고 있지만, 속으로는 '네가 나를 이렇게 만든 거야'라고 말하게 된다.

정말 건강한 착함은, 이 한 문장에서 시작된다.

"나는 나를 먼저 소중하게 여기기로 했다."

나를 먼저 소중하게 여기는 사람만이, 상대도 소중하게
대할 수 있다.

착함의 감옥에서 빠져나온다는 것은 착함을 버리는 것이
아니라, 나를 '먼저' 두는 연습을 시작한다는 뜻이다.

명절에 꼭 제일 먼저 가지 않아도 된다.
여행에 늘 많은 것을 챙겨 가지 않아도 된다.

착함의 주문이 풀리기 시작하면, 마음에는 이런 문장들이
떠오르기 시작한다.

"나는 착한 사람이라서 사랑받는 게 아니다."
"나는 조금 부족해도, 여전히 괜찮은 사람이다."
"나는 나를 우습게 여기지 않기로 했다."

이렇게 한 걸음씩 걸어 나가면, 착함이 나를 가두는 것이
아니라, 단단한 힘으로 다시 태어난다.

1. 오늘, 자동적으로 "제가 할게요", "괜찮아요"라고 말했던 순간을 한 장면 떠올린다.

2. 그때의 나에게 조용히 묻는다.

   "정말 괜찮아서 그 말을 했니, 아니면 미움받을까 봐 두려워서였니?"

3. 마음속으로 이렇게 말해 본다.

   "다음에는 대답하기 전에, 한 번 더 마음을 살펴볼게. 이제는 나를 먼저 챙겨도 괜찮아."

# 잘못된 돌봄의 사슬을 끊기

## 남편이 '큰아들'이 되어 버린 집

상담실에서 자주 듣는 우스갯소리가 있다.

"우리 집은, 큰아들 키우기가 제일 힘들어요."

이 짧은 말에는 오랜 시간 굳어진 역할이 숨어 있다.

많은 아내들이 남편을 동등한 '배우자'가 아니라, 돌봄이
필요한 '어른아이'처럼 대하며 살아왔다.
알아서 챙겨 주고, 빈틈을 메워 주고, 갑자기 생긴 일들을

대신 수습해 왔다.

문제는 이 역할이 서로의 합의로 만들어진 게 아니라는
점이다.
아내는 착한 아내가 되고 싶어 돌보고, 남편은 그 익숙함
에 기대다 보면 어느 순간 가정의 질서가 뒤집힌다.

아내는 남편의 엄마가 되고, 남편은 아내의 가장 큰 부담
이 된다.

많은 아내들은 이렇게 생각한다.

"내가 챙겨 줘야 이 사람이 제대로 살아."
"내가 있어야 이 집안이 돌아가지."

하지만 이것은 사랑이 아니라 '과잉 돌봄'이다.
과잉 돌봄은 상대의 성장을 막고, 나의 삶도 갉아먹는다.

우리는 각자의 몫을 갖고 태어났다.

누군가의 몫을 잠시 대신할 수는 있어도, 평생 떠안는 일
은 결국 모두를 불행하게 만든다.


## 엄마 역할을 멈추는 순간

혜진 씨는 결혼 18년 차였다.

"선생님, 나는 아이 둘을 키우고 있는데…, 사실 남편까지
셋을 돌보고 있었던 것 같아요."

그녀는 웃으며 말했지만, 그 속에는 깊은 피로가 배어 있
었다.

남편은 집안일을 '도와주는 것'이라 여겼고, 아이들 문제
도 대부분 그녀 몫이었다.
지갑, 일정, 선물, 명절 준비, 집안의 대소사까지 모두 그
녀의 머릿속에 저장되어 있었다.

남편이 일부러 그런 건 아니었다.

그저 오랜 시간, 아내가 만들어 놓은 방식에 기대어 산 것
뿐이다.

그녀 역시 불만을 말하지 않았다.

'그냥, 내가 하는 게 빠르지.'

'이 정도는 해야 하는 거 아닌가?'

그 침묵은 남편에게 '이건 당연히 아내가 하는 일'이라고
여기게 했고, 그 결과 그녀는 번아웃이 되었다.

상담 중 내가 물었다.

"혜진 씨는 남편을 사랑한다고 느끼나요?"

한참 고민하더니 그녀는 말했다.

"사랑이라기보다… 책임감 같은 느낌이에요."

그 순간, 그녀는 남편을 배우자가 아닌 '철이 덜 든 아들'
처럼 대하며 살아왔다는 사실을 알아차렸다.

나는 말했다.

"혜진 씨가 그 역할을 만든 거예요."

그 순간 그녀의 눈빛이 흔들렸다.

남편을 탓하기 전에, 오랫동안 착한 아내의 역할을 짊어
진 자신을 보게 된 것이다.

그녀는 작은 것부터 멈추기 시작했다.

남편의 물건을 챙기는 일,

남편의 일정을 대신 기억하는 일,

남편이 해야 할 감정노동까지 떠안던 일을 하나씩 내려놓
았다.

처음에는 집안 분위기가 어수선했다.

남편은 당황했고, 아이들은 불편해했다.

하지만 그녀는 차분히 말했다.

"이제 각자 할 수 있는 건 각자가 하자. 나도 내 인생을 살
아야 하니까."

## 함께 성장하는 파트너로 돌아가기

그녀가 돌봄을 멈추자, 남편은 처음엔 불안해했다.

그러나 그 불안은 오래가지 않았다.

조금씩 자신이 해야 할 몫으로 걸어 들어오기 시작했다.

처음엔 서툴렀고, 어색했고, 시간도 오래 걸렸다.

그 과정을 지켜보는 그녀는 마음이 복잡했다.

"저렇게 느린데, 내가 해 주는 게 더 빠를 텐데…"

그녀는 매번 충동을 느꼈지만, 그때마다 이 말을 떠올리
며 마음을 다잡았다.

"혜진 씨, 그 느림이 바로 변화예요. 당장 대신해 주는 게
아니라, 혼자서도 할 수 있게 돕는 거예요."

그 말은 그녀에게 중요한 기준이 되었다.

‘많이 해 주는 게 사랑이 아니구나.
스스로 설 수 있게 지켜보는 것이 더 큰 사랑이구나.’

그녀는 남편의 속도를 간섭하지 않았다.
그 대신 자신의 삶을 조금씩 넓혀 가기 시작했다.

작은 변화들이 쌓이자, 남편도 자기 속도로 변화를 따라
왔다.
남편은 스스로 물건을 챙기고, 집안일을 분담하고, 아이
들 일에도 참여하기 시작했다.

어느 날 그녀는 말했다.
“내가 돌봄을 멈추니… 남편이 비로소 ‘남편’이 됐어요.
내가 멈추니까, 그 사람이 자라더라고요.”

나는 웃으며 말했다.
“그게 바로 두 분의 관계가 ‘파트너십’으로 돌아가는 과정
이에요.”

진짜 사랑은 이 문장에서 시작된다.

"그 사람의 자율성과 독립성을 키워 주는 것."

누군가의 삶을 대신 살아 주려는 마음은, 때로는 사랑이
아니라 '개입'이 된다.
내가 아끼는 사람이 성장하도록 내어 주는 용기가, 결국
나도 살리고 상대도 살린다.

우리가 힘든 이유는 부모 세대의 방식이 고스란히 이어졌
기 때문이다.
엄마가 희생하던 방식, 아빠가 의존하던 방식,
그리고 자식들이 떠안아야 했던 책임감.
이게 고스란히 다음 세대로 전달된다.

이 사슬을 끊지 않으면 우리의 아이들도 같은 방식으로
살아간다.

이제는 오래된 '착한 아내', '착한 엄마'의 감옥에서 벗어
나야 한다.

내가 세상의 칭찬을 받는 동안, 나에게 의존하게 만든 남편과 자식은 어느새 '시든 꽃'이 된다.

우리가 멈출 때, 다음 세대는 더 건강한 관계를 배우게 된다.
우리는 성장하기 위해 태어났다.
누군가에게 기대지 않고 자기 인생을 주체적으로 살아가는 것이, 결국 세상을 돕는 길이다.

돌봄에 기대어 살던 남편들도 이제는 자신의 몫을 찾아야 한다.
착한 아내의 그늘을 벗어나 자기 속도로 성장할 때, 관계는 다시 살아난다.

1. 오늘 남편(가족)을 위해, 대신 해 준 일을 떠올린다.

2. 그 일을 조용히 되새기며 묻는다.

   "그건 정말 내가 해야 할 일이었을까?"

3. 만약 상대가 할 수 있는 일이었다면, 마음속으로 말

   해 본다.

· 예: 다음에는 기다려 줘도 괜찮아. 그게 진짜 사랑이니까.

4. 그 말이 마음에 어떻게 닿는지 느껴 본다.

# 건강한 착함과 해로운 착함의 경계선

## 선이 흐려지는 순간

착함의 핵심은 결국 '경계'다.

어디까지가 내가 할 수 있는 범위인지,
어디부터는 상대가 책임져야 하는지.
이 선이 흐릿한 사람들은 관계 안에서 같은 패턴을 반복
한다.

"이 정도는 내가 해야 하지 않을까."
"거절하면, 내가 나쁜 사람이 되는 건 아닐까."

하지만 이렇게 시작된 양보는 시간이 지날수록 크기가 달라진다.

처음엔 작은 부탁이었는데, 어느 순간 내가 감당할 수 없는 일까지 떠안게 된다.

경계가 무너지는 순간이다.

TV 드라마의 한 장면을 떠올리면 이해가 쉽다.

한 남자가 무심코 길을 걷다 가게 앞을 막 지날 때,
청소를 하고 난 구정물을 확 뿌리는 주인이 나타난다.
그리고 느닷없이 구정물을 온몸에 덮어쓰던 그 남자.

경계가 약한 사람의 삶이 이와 비슷하다.

열심히 잘 살아가려고 애쓰는데, 예상치 못한 요구들이 확 덮쳐 온다.
나는 부탁받은 기억도 없는데, 상대는 당연한 듯 내 시간과 에너지를 가져간다.

이럴 때 누구라도 당황하고, 뒤이어 불쾌함과 짜증이 올라온다. 하지만 경계가 약한 사람들은 이 감정을 인정하지 않는다.

"이 정도는 참아야지."

그렇게 회피하고 억누른 감정이 무의식에 쌓이면서, 자신의 에너지를 집요하게 빨아먹는다.

경계가 있는 사람은 이렇게 말할 수 있다.
"이 정도는 내가 해 줄 수 있어요."
"하지만 이건 내가 힘들어요."

반대로 경계가 없는 사람은 자신이 감당할 수 있든 없든, 일단 "네"라고 말한다.
"이 정도는 해야 괜찮은 사람 같아."
이런 생각이 스며들 때, 경계는 무너지기 시작한다.

## 주인 없는 땅은 누구나 드나든다

처음에 '나의 경계'를 확실하게 정하지 못한다면, 그 뒤에는 두 번, 세 번… 그 사람을 비롯한 다른 사람들이 나의 영역을 침범하기 시작한다.

처음에는 작은 부탁이었다.
"이것 좀 도와줄래?"
"네."

다음번에는 조금 더 큰 부탁이 온다.
"저번에 잘 해 줬잖아. 이것도 부탁해."
또 "네."

그러다 보면 어느 순간, 그 사람의 일까지 내가 떠안고 있다.

나의 경계를 명확하게 구분 짓지 않는다면, 그 '주인 없는 땅'은 누구라도 쉽게 드나들게 된다.

처음에는 주저주저하며 침범하지만, 시간이 지날수록 아주 당연한 권리처럼 드나들게 되어 버린다.

누구도 나의 허락 없이는 나를 함부로 취급할 수 없다.
내가 나 자신을 지키지 않고 소중하게 대하지 않기에, 그것을 본 다른 누군가도 나에게 함부로 대하는 것이다.

이제는 처음부터 이렇게 말할 수 있어야 한다.

"사실 이 부분은 나한테 좀 부담스러워."
"이건 내가 할 수 있는 범위를 넘어선 것 같아."

이건 무례함이 아니라 정직함이다.
내가 나를 지켜야 상대도 나를 존중한다.


**경계는 냉정함이 아니라, 울타리다**

사람마다 생각하는 '적당한 거리'는 다르다.

누군가는 가까이 오는 것이 친밀함이지만, 누군가는 그것
이 침범이 될 수 있다.
관계가 어긋나는 지점은 대부분 이 차이를 서로 말하지
않을 때 생긴다.

경계를 침범하는 사람이 내 생각만큼 나쁜 사람은 아니다.
명확한 나의 경계가 없었기에, 그 사람도 나의 경계가 '어
디에서 어디까지인지' 알 수가 없었을 뿐이다.

경계를 명확하게 드러내고 지낸다면, 누구도 '나의 영역'
을 함부로 침범할 수 없다.

그렇다고 늘 경계만 의식하라는 것이 아니다.
하지만 자신을 보호해야 할 순간이 오면, '필요한 힘'을 쓸
수 있어야 한다.

건강한 경계를 배우는 첫 문장은 단순하다.

"나는 나를 먼저 돌보는 사람이 되겠다."

이 말이 마음에 자리 잡으면, 경계는 나를 가두는 벽이 아니라 나를 지키는 울타리가 된다.

그리고 그때가 오면 알게 된다.

"경계를 긋는 일은 거리두기가 아니라, 서로를 위한 최소한의 존중이라는 걸."

지금 나에게는 명확한 경계가 있는가?
그리고, 그 경계는 잘 지켜지고 있는가?

 **오늘 1분 루틴**

1. 오늘 누군가에게 '네'라고 답했던 순간을 떠올려 본다.

2. 그 순간의 나에게 솔직하게 묻는다.

   "이건 내 경계 안이었을까, 아니면 밖이었을까?"

3. 만약 경계 밖이었다면, 마음속으로 말해 본다.

· 예: 다음에는 내 경계 안에서만 선택해도 괜찮아.

4. 내가 허용할 수 있는 경계의 범위를 정리해 본다.

# 착함이라는 껍질을 벗고 진짜 나로

## 착함이라는 껍질

우리는 모두 저마다 고유한 조각을 품고 태어난다.

하지만 자라면서 남이 좋다고 하는 것, 인정받는 역할, 칭찬받는 모습을 붙들다 보면 어느 순간 '진짜 나'의 모양이 흐려진다.

특히 착하게 살아온 사람일수록 그 껍질이 두껍다.

“이 정도는 해야 괜찮은 사람이지.”
“참는 게 미덕이지.”

이런 말들을 따라 살다 보면, 어느 순간 나는 사라지고 역할만 남는다.
착한 자식, 착한 배우자, 착한 부모, 착한 친구…

겉으로는 멀쩡한데 마음에서는 낯선 피로가 끝없이 올라온다.

“열심히 살았는데, 내 삶은 왜 이렇게 좁아졌지?”
“많이 해 줬는데, 나는 왜 이렇게 텅 비었을까?”

그 이유는 간단하다.
착함이라는 이름으로 쌓아 올린 겹겹의 역할들 속에서 ‘나’가 숨을 쉬지 못했기 때문이다.

## 미켈란젤로처럼 덜어내기

좋은 조각품은 더 많이 붙이는 데서 나오지 않는다.

미켈란젤로의 말처럼, 조각은 '새로 덧붙이는 것'이 아니라 이미 돌 속에 있는 형상을 드러내기 위해 불필요한 부분을 덜어내는 일이다.

우리 삶도 마찬가지다.
지금 필요한 건 새로운 역할을 하나 더 붙이는 것이 아니라, 나를 무겁게 만들던 것들을 덜어내는 일이다.

남들에게 괜찮아 보이려고 붙인 태도,
부끄러움을 감추려고 만든 말투,
두려움을 숨기기 위해 만든 강함의 껍데기들.

한때는 이것들이 필요했지만, 지금의 나를 나타내는 본질은 아니다.

조각가는 망치를 들기 전에 오래도록 바라본다.
어디를 파내야 내 모습이 드러나는지 먼저 보는 시간이다.

우리에게도 그 시간이 필요하다.

내가 어떤 사람으로 살고 싶었는지,
지금의 삶에 억지로 붙들고 있는 건 무엇인지,
남들이 보기엔 괜찮아 보이지만 나에게는 버거운 역할은
무엇인지.

이렇게 바라보는 시간이 깊어질수록 떨어져 나가는 파편
들에 대한 미련이 줄어든다.
그리고 조금씩, 본래의 윤곽이 드러나기 시작한다.


**가벼워지는 삶**


덜어내기는 결국 한 가지 질문으로 시작된다.

"나는 어떤 모습으로 살아갈 때 가장 나다운가?"

이 질문에 답하기 시작하면 자연스럽게 보인다.
지금 붙잡고 있는 것 중에 무엇이 내 삶에 진짜 필요한지,
혹시나 남의 기대 때문에 붙들어 온 것은 없는지.

한 번에 다 정리하려 할 필요는 없다.
지금의 나와 맞지 않는 것을 알아차리는 것만으로, 삶은
가벼워지기 시작한다.

착한 사람의 역할을 조금 내려놓아도 된다.
착한 사람의 역할 너머로 내 삶을 바라봐도 된다.

늘 먼저 챙기는 사람이 아니어도 괜찮다.
거절해도, 불편해도, 솔직해도 괜찮다.

덜어내자 보이기 시작한다.
그 아래 묻혀 있던 진짜 나의 목소리가.
그동안 억눌러 왔던 진짜 나의 욕구가.

내가 정말 하고 싶었던 선택들이.

착함이라는 껍질을 벗기 시작하면, 삶은 가벼워진다.
그리고 그 가벼워진 공간에서, 우리는 처음으로 '나'로 숨
쉬기 시작한다.

'진짜 나'가 아닌 것들을 덜어내고, 오직 나만의 고유한 삶
을 조각해 나가자.

1. 내가 억지로 지켜 온 '착한 역할'을 떠올려 본다.

· 예: 착한 딸, 착한 아들, 착한 부모. 착한 친구…

2. 그 역할이 진짜 나인지, 아니면 남을 위해 붙인 가면

인지 묻는다.

3. 만약 가면이었다면, 마음속으로 말해 본다.

"이제 이 역할을 내려놓아도 괜찮아.

지금부터 나는 나로서 살아갈 거야."

4. 그 말이 마음에 어떻게 닿는지 느껴 본다.

# 내가 원하는 삶으로 걸어가는 용기

## 착함을 벗고 만난 나

착함을 내려놓고 나면, 처음에는 어쩐지 공허하다.

그동안 내가 선택해 온 길 대부분이 '착해야 한다'는 기준 위에서 만들어졌다는 사실을 이제서야 실감하기 때문이다.

누군가 실망하지 않게 하려고, 관계가 어긋나지 않게 하려고, 나쁜 사람이 되지 않으려고…
그렇게 살아온 시간 속에서 내 감정은 늘 뒤로 밀려났다.

그래서 착함을 내려놓은 뒤 마주한 공백은 두려움이 아니라, 한 번도 제대로 만나 본 적 없던 '나'를 만나는 자리다.

착하게 살던 삶 속에서 나는 늘 뒷전이었다.
남의 요구에 먼저 반응했고, 상대의 불편함을 대신 감당했고, 관계가 깨질까 봐 나를 눌러 왔다.

그 과정이 길어질수록 '나'는 점점 희미해졌다.
무엇을 좋아하는지, 무엇이 편안한지, 무엇이 나를 숨 쉬게 하는지조차 알 수 없게 되었다.

하지만 착함이라는 오래된 옷을 벗기 시작하면, 오랫동안 가려져 있던 내 윤곽이 드러난다.

내가 정말 하고 싶었던 일.
내가 만나고 싶었던 사람.
가고 싶었던 곳들.

이 모든 것은 "착한 사람은 이렇게 하면 안 돼"라는 오래된 주문 뒤에 숨어 있었던 것들이다.


## 변화를 막는 첫 감정, 죄책감

착함을 벗어 내려 할 때 가장 먼저 올라오는 감정이 있다.
바로 죄책감이다.

"내가 너무 이기적인 건 아닐까?"
"지금 내가 이런 선택을 해도 되는 걸까?"
"그 정도는 아직까지 더 해 줘도 되는데."

평생 타인의 요구와 기대에 민감하게 반응해 온 사람일수
록 이 죄책감은 훨씬 강하게 올라온다.
마치 내가 '나쁜 사람'이 되어 가는 것처럼 느껴지기 때문
이다.

그러나 죄책감은 '내가 잘못하고 있다'라는 신호가 아니다.
오히려 새로운 방식으로 살기 시작했다는 신호다.

오랫동안 몸에 밴 습관에서 벗어나면, 마음은 자동으로
불안이 올라온다.
그 불안이 '죄책감'이라는 이름으로 번역될 뿐이다.

삶의 전환점은 대부분 조용한 시기가 아니라, 익숙한 마
음이 뒤섞이는 시기에 찾아온다.

평소엔 넘길 수 있었던 말이 깊게 찌르고,
익숙한 관계가 낯설어지고,
감정이 예측할 수 없이 흔들리는 시기.

우리는 이 시기를 잘못 해석한다.
"내가 뭔가 잘못하고 있나?"
"왜 이 시기에 이런 일이 터지지?"

하지만 실제로 삶은 이렇게 말하고 있다.
"지금 방식으로는 더 갈 수 없어. 이제 다른 길을 선택해
야 할 때야."

착함이라는 익숙한 역할에서 벗어날 때 죄책감이 올라온다면, 당신은 이미 새로운 삶의 문 앞에 와 있는 것이다.


## 나만의 방식으로 살아가기

착하게 살아온 사람의 특징 중 하나는, 늘 남의 기준과 비교하며 산다는 것이다.


"저 사람은 저렇게 하는데…"
"저 정도는 해야 괜찮아 보이겠지?"
"나는 왜 저만큼 못 할까…"


나다운 삶은, 비교하는 순간 시작될 수 없다.
인생은 경쟁이 아니라, 각자의 리듬대로 걷는 긴 여정이기 때문이다.
누군가는 빠르게 걷고, 누군가는 천천히 걷고, 누군가는 잠시 멈춘다.

중요한 건 어떤 속도가 나에게 편안한가다.
남의 속도로 살던 삶을 끝내고 내 박자를 찾기 시작하면,
삶은 처음으로 '나의 얼굴'을 갖는다.

남들이 "너무 느려"라고 말해도 괜찮다.
남들이 "뒤처질 거야"라고 말해도 괜찮다.

속도가 느리다고 해서 잘못된 방향은 아니다.
조금 돌아간다고 해서 길을 잃은 것도 아니다.

나의 방식으로 걷는 삶은 타인의 기준에서는 비효율적으로 보일 수 있다.
하지만 그 길 위에서만 나는 내가 누구인지 알게 된다.

착함이라는 기준으로 살던 삶은, 늘 남의 시선이 먼저였다.
이제는 내 마음의 신호를 먼저 듣는다.
그 순간, 삶은 남이 아닌 '나의 삶'이 된다.

## 진짜 나로 살아가는 첫걸음

나로 산다는 것은, 작은 순간에서 시작된다.


· 싫어서, "싫어"라고 말한 하루

· 웃고 싶지 않아서, 웃지 않은 하루

· 나를 먼저 챙긴 하루

· 더 하지 않아도, 죄책감을 느끼지 않은 하루

· 잠시 멈춰서 숨을 고른 하루


이 작은 움직임들이 모여, 내 인생은 착함에서 벗어나 '나
만의 방향'으로 향하기 시작한다.


착함을 내려놓는다는 것은, 남에게 맞추는 삶을 끝내고
나를 선택하는 삶으로 옮겨가는 일이다.


더 착해야 해서 살아가는 것도, 누군가를 실망시키지 않
기 위해 살아가는 것도 아니다.

"이제, 나는 나로 살아도 괜찮다."

착함의 무게를 벗고 나면, '진짜 나'의 삶이 시작된다. 바
로 지금 이 순간부터.

1. 하루 동안, 내가 참고 지나갔던 감정 하나를 떠올린다.

2. 그 감정을 억누르지 말고 말해 본다.

   "나는 눈치 보지 않고, 이 감정을 느낄 자격이 있다."

3. 그리고 천천히 말해 본다.

   "이제는 솔직한 나를 표현하며 살겠다."

4. 솔직한 나의 모습들을 떠올려 보며 잠시 머무른다.

# 착함의 감옥에서, 자유로운 삶으로

이 책을 쓰는 동안, 한 가지 질문이 계속 맴돌았다.

"착하게 살았을 뿐인데, 왜 삶은 이렇게 무거워졌을까?"

착함은 좋은 것이다. 누구도 부정할 수 없다.
하지만 문제는 "착하게 살아야 한다"는 규칙 아래서 너무 오랫동안 살아왔다는 점이다.

착함이 의무가 되는 순간, 그 착함은 더 이상 나를 지켜 주지 않는다.
오히려, 서서히 착함의 감옥 안으로 밀어 넣는다.

착한 사람들은 이렇게 살아왔다.

"그래도 이 정도는 해 줘야지."
"참는 게 어른이지, 나서면 괜히 더 피곤해져."
"내가 조금만 더 희생하면 가족이 편하니까."

그러다 어느 순간, 내 인생이 내 것 같지 않다는 사실을 깨닫게 된다.

사람들은 종종 말한다.
"착하게 사는 게 뭐가 그리 중요한가요? 이제 다 내려놓았어요."

하지만 자세히 들여다보면, 그 '내려놓음'이 무엇을 의미하는지 스스로도 모를 때가 많다.

일이 잘될 때는 "내려놓았다"고 말하지 않는다.
마음이 지쳐 갈 때, 상황이 엉켜 갈 때, 자신을 달래기 위해 꺼내는 말일 때가 더 많다.

착하게 살수록 지쳐 갈 때,
"아, 이제 착한 것도 다 내려놓을래!"
이 말이 나오지만, 이것은 내려놓음이 아니라 대부분 '포기'에 가깝다.

내려놓음도 포기도 '비워진 상태'처럼 보이지만, 과정은 완전히 다르다.
내려놓음은 물잔을 채웠다가 다시 '비운' 상태이고, 포기는 애초에 물을 다 채우지 않은 '빈' 상태이다.

물을 채워 본 사람만이 물맛을 안다.
착하게 살아 본 사람만이 착함을 내려놓을 수 있다.
그 과정에서 무엇을 얻었고 무엇을 잃었는지, 몸으로 알고 있기 때문이다.

요즘은 "착하면 손해 본다", "착하면 호구 된다" 같은 말만 듣고, 애초에 착함을 시도조차 하지 않는 경우가 많다.
그러나 실제로 겪어 본 경험이 없으면, 언제 착해야 하고 언제 내려놓아야 하는지도 알 수 없다.

이 감각이 쌓여야 비로소 '나만의 기준'이 만들어진다.

진정한 내려놓음은 최선을 다한 후에 온다.
내가 할 만큼 해 보고, 배울 만큼 배우고, 더 붙잡아도 의
미가 없다는 것을 분명히 본 뒤에 하는 성숙한 선택이다.

이렇게 말할 수 있을 때, 내려놓음이 시작된다.

"나는 할 만큼 해 봤다. 이제는 이 착함을 놓아도 된다."

포기하는 사람은 자유를 얻지 못한다.
착함을 충분히 살아본 사람이 성숙하게 내려놓을 때, 그
사람은 '착함의 감옥' 밖으로 걸어 나온다.

착함의 감옥에서 벗어나면, 놀라운 일이 일어난다.
세상이 무너질 것 같았는데, 오히려 관계가 더 명확해진다.
내가 나를 지키기 시작하니 상대 역시 자기 몫을 찾아가
기 시작한다.

진짜 착함은 나를 지킨 후에 시작된다.

나의 경계를 세우고, 나의 감정을 인정하고, 나의 선택을 존중한 건강한 착함이다.


착함이 당신을 가두던 시간은 끝났다.

이제부터의 삶은 남을 위한 생존이 아니라, 나를 위한 시작이다.

지금까지의 모든 시간은, 결국 '나'로 돌아오기 위한 준비였다.


그래서 이제 우리는 조금 더 솔직해져도 된다.


"나는 나를 먼저 돌보는 사람이어도 괜찮다."

"나는 거절할 수 있는 사람이어도 괜찮다."

"나는 이제 나에게 솔직해져도 된다."


이 문장이 마음에 자리 잡는 순간, 착함은 더 이상 나를 묶는 규칙이 아니라 내가 선택할 수 있는 하나의 방식이 된다.

이제 마음속으로 이렇게 선언해 보자.

"나는 더 이상 착함 속에 숨지 않겠다."

그 순간부터 삶은 남이 정한 기준이 아니라,
당신의 속도와 당신의 방향으로 흘러가기 시작한다.

이제 당신은, 당신으로 살아간다.
그것이 진짜 자유다.

지금 이 자리에서, 바로 당신의 '새로운 삶'이 시작된다.

# 부록: 착함의 피로를 풀어주는 명상

요즘 들어 명상과 수행을 내세운 공간이 부쩍 많아졌다는
느낌을 받는다.

이럴 때일수록 자신에게 물어봐야 한다.
"정말 필요한가, 아니면 지금의 나에게는 과한 선택인가?"

착하게 살아온 사람들은 특히 이런 곳에 많이 끌린다.
지친 마음을 어떻게든 달래고 싶고, "이제는 나도 쉬고 싶
다"는 마음이 간절하기 때문이다.

그래서 전문가·스승·지도자의 말을 쉽게 이상화한다.
하지만 겉모습에 취해 버리면, 또 한 번 '착한 사람'의 에너지를 빼앗기는 결과가 온다.

진짜 깨어 있는 지도자라면, 지친 사람을 자기 옆에 묶어 두지 않는다.
그 사람이 스스로 설 수 있는 분명한 방향을 가르친다.
배움을 선택했다면, 이상화의 환상을 경계하고 받아들일 것과 걸러 낼 것을 구분해야 한다.

명상에 대한 가장 큰 오해는 이것이다.

흔히 명상을 "호흡에 집중하며 마음을 고요하게 만드는 것"이라고 한다.
마음이 반드시 고요해져야 한다고 믿으며, 억지로 마음을 가라앉히기 시작한다.
하지만 그것은 명상이 아니라, 억누르기다.

평소에도 참고 맞추려 애쓰던 사람이 명상 시간까지 '괜찮아져야 한다'는 목표를 붙들면, 그 시간은 회복이 아니라 또 다른 긴장이 된다.

명상 센터에서 자세와 호흡을 따라 하면, 잠깐은 가벼워질 수 있다.
하지만 집에 돌아와 아이가 한 번 울거나 배우자가 한마디만 건드려도 금세 평온은 사라진다.

짜증과 분노가 그대로 올라오는 경험은 아마 여러 번 했을 것이다.
이 경험이 말해 주는 건 단 하나다.

"마음을 가라앉힌다고 사라지는 게 아니다."


## 강기슭의 물 vs 1급수 계곡물

명상과 비유해서, 두 이미지를 떠올려 보자.

첫째는 강기슭의 고요한 물.

겉으로는 잔잔하지만 돌멩이 하나만 던져도 바닥의 찌꺼기가 휘저어져 순식간에 흙탕물이 된다.

둘째는 1급수 계곡물.

밑바닥까지 뒤집혀 찌꺼기가 걸러지고 또 걸러져, 아무리 돌을 던져도 흙탕물이 올라오지 않는다.

많은 사람들은 명상을 '강기슭'처럼 사용한다.

그 시간은 고요해지지만, 자극이 오면 억눌렸던 감정이 한꺼번에 튀어나온다.

진짜 회복을 돕는 명상은 1급수처럼 바닥까지 뒤집는 과정이 포함된다.

오랫동안 눌러 온 감정을 하나씩 꺼내어 보고, 느끼고, 정리하는 시간이다.

명상에서는 "생각이 떠오르면 호흡으로 돌아가라, 생각을 비워라"고 말한다.

하지만 내 경험은 달랐다.

명상 중 떠오르는 기억은 지금 내가 정리해야 할 감정과 연결되어 있었다.
수많은 기억 중 그 장면이 떠올랐다면, 그 안에 아직 해결해야 할 감정이 남아 있는 것이다.

그때의 나에게로 다시 들어가 본다.
겉으로는 웃으며 넘겼지만, 속으로는 죽도록 수치스러웠던 순간들.
화내지 못하고 바보처럼 웃어야 했던 장면들.

그 감정을 없애려 하지 말고, 그대로 느끼고 말로 표현해 본다.
이렇게 한 장면씩 뒤집어 보는 과정이 강기슭의 물에서 1급수로 바뀌는 과정이다.

이 과정에서 감당하기 어려운 불안이나 오래된 상처가 올라온다면, 도움을 받는 것도 하나의 선택이다.

## 가족이 가장 강력한 수련의 도구

수련을 위해 집을 떠날 필요는 없다.
우주는 우리에게 평범한 일상을 준다.
그 일상에서 가장 적은 비용으로 가장 큰 변화가 만들어
지기 때문이다.

명상을 하고 문을 열면, 쉬지 않고 말을 거는 아이들,
예고 없이 감정을 건드리는 배우자가 있다.
사실 이들이 가장 강력한 수련의 도구다.
가족은 내 안의 억눌린 감정을 계속 밖으로 끌어올려 주
는 존재다.

명상의 효과는 명상을 할 때보다 생활 속에서 일어난다.

진짜 변화는 사람들과 부딪히고 감정을 다루는 과정에서
일어난다.
어떤 말에 욱하는지, 어떤 표정에 상처받는지,
어떤 상황에서 도망가고 싶은지.

이 모든 것이 지금 내 감정의 지도다.

착함으로 살아온 이들은 감정을 억누르며 관계한 경험이 많기에, 명상에서도 다시 '착한 모드'로 앉아 있는 경우가 많다.

하지만 진짜 회복은 더 착해지는 명상이 아니라, 억눌린 감정을 안전하게 느끼고 흘려보내는 것에서 시작된다.

착함의 피로는 '더 참고, 더 이해하고, 더 비우는 것'으로는 회복되지 않는다.
내 안의 찌꺼기를 정직하게 마주하고 조금씩 씻어낼 때, 회복이 시작된다.

명상은 특별한 곳에서 좋은 마음을 연습하는 시간이 아니라, 내가 살고 있는 '지금 이 삶'으로 다시 돌아오는 연습이다.

개정판

# 착하게 사는 게 뭐가 그리 중요하노?

ⓒ 이미진, 2026

초판 1쇄 발행 2026년 1월 15일

지은이      이미진
펴낸이      이기봉
편집         좋은땅 편집팀
펴낸곳      도서출판 좋은땅
주소         서울특별시 마포구 양화로12길 26 지월드빌딩 (서교동 395-7)
전화         02)374-8616~7
팩스         02)374-8614
이메일      gworldbook@naver.com
홈페이지   www.g-world.co.kr

ISBN   979-11-388-5202-9 (03810)